이제
일어나서
가자

2

강태근
장편소설

이제
일어나서
가자

2

작가의 말

아픔도 가꾸면 반짝인다

이 소설은 장편 『잃은 사람들의 만찬』과는 또 다른 대한민국의 슬픈 자화상이며, 나의 해원(解寃)의 간증이다.

나는 한 광신도가 휘두른 광기 어린 칼날에 삶이 만신창이가 되었다. 그는 유신정권의 연장 수단으로 제정된 교수재임용법의 흉기를 들고 무참하게 나와 가족의 삶을 난도질하여 고통의 나락으로 밀어 넣었다. 그 22년의 질곡의 세월 동안, 〈세상은 오히려 종교가 없어져야 세계 평화가 올 지경으로 종교 때문에 인간 삶이 피폐해져가고 있는 것이 아닌가〉 하는 의구심을 떨쳐버릴 수 없었다.
〈누군가 망상에 시달리면 정신이상자라고 한다. 다수가 망상에 시달리면 종교라고 한다.〉 '로버트 피시그'의 이 말도 많은 것을 생각하게 했다.

지금 이 나라는 또 어떠한가? 세월호 참사가 난 이래, 헌정 사상 유례없는 대통령 탄핵 사건을 겪으면서, 대한민국을 혁신해야 한다는 목소리가 분출했다. 세월호 이전과 이후가 완전히 다른 나라를 만들겠다고 정치인들의 약속이 쏟아졌다. 그때의 다짐과 약속은 얼마나 지켜졌고 얼마나 달라졌는가? 아무도 달라지지 않았고 아무것도 제대로 바뀐 것이 없다. 북미회담과 남북문제와 정쟁으로 나라는 여전히 혼란 속에 신열을 앓으며 미로를 헤매고 있다.

〈조선 사람들은 화를 잘 낸다. 모욕을 당하면 곧 팔을 걷어붙이고 일어난다. 그러나 그 성냄이 얼마 안 가서 그치고 만다. 한번 그치면 죽은 뱀처럼 건드려도 움직이지 않는다.〉 량치챠오(梁啓超)가 '조선 멸망의 원인'이란 글에서 우리 민족성을 비판한 말이다.

달라져야 한다.

아픔도 가꾸면 반짝인다. 이제 일어나서 사랑과 용서와 화해의 횃불을 들자. 새벽이 오려면 어둠이 더 짙은 법. 새벽은 분명 우리 민족의 앞으로 뚜벅뚜벅 걸어오고 있다.

차례

물구나무 선 계절

*

"오메메…… 그럼 교수님도 졸혼하신 거네요. 십 년도 넘게 별거하고 계신 거면……."

"집안 행사나 가족 모임이 있을 때는 함께 하지요. 나머지 시간은 각자 자유롭게 자기 생활에 충실하고…… 그게 편하니까."

"그걸 졸혼이라고 하지 않나요?"

양인경이 강청을 빤히 바라보며 한숨을 포옥 내쉰다.

"하긴, 인희 말대로 아침에 이혼하고 저녁에 결혼하는 여자들이나, 각 방 쓰며 어쩔 수 없어 한 지붕 밑에서 사는 거나…… 졸혼과 다를 게 없 지요."

"집을 나간 게 언제래요?"

"한참 됐나 봐요. 남편이 행방을 수소문하다가 찾지 못하고 저한테 연 락을 했다니까. 그동안 인희는 통 바깥출입을 안 했으니까요. 잘 살고 있 는 줄만 알았지요."

"영희 씨랑 성임 씨랑 모두 계속 만나는 줄 알았는데……."

"인희가 자존심이 강하잖아요. 늙어가는 모습을 자기가 좋아했던 사람 들에게 보이고 싶지 않다고, 아름다움을 상실해가는 자신의 모습이 보기 싫어서 거울을 잘 보지 않는다고…… 사람 만나는 걸 꺼려한 지가 오래 됐어요. 그래도 교수님하고는 소통하는 줄 알았는데……."

강청은 신문을 당하는 사람처럼 자신도 모르게 강하게 부정한다.

"무슨! ······ 같이들 만난 지가 벌써 한 삼 년 되지요? 그 뒤로 연락조차 없어요."

"나이들이 드니까 모든 것이 시들해졌나 봐요. 그때는 한 주만 못 봐도 눈병이 날 지경이었는데. 지나고 보니까 그때가 참 좋았어요. 교수님도 그때는 정말 멋있었구요. 벌써 이십 년도 더 전 얘기네요."

양인경이 잔주름이 진 눈가에 우수 어린 웃음을 매단다.

그랬다. 그들 네 사람과 인연이 된 것은 이십 년도 더 전이었다. 대전의 한 문화원에서 운영하는 주부 문예 강좌 시간을 통해서였다. 강청은 그때 해직 당한 학교와 법정 투쟁을 벌이면서 대전 근교의 한 산사(山寺)에 묻혀 은거하고 있었다. 언젠가 기필코 고향에 돌아가고 말리라고 벼르는 실향민처럼, 가족들에게 메마른 문학적 감성에 다시금 불을 붙이기 위해서라는 명분을 내세우고 칩거하고 있었지만, 끓어오르는 울분의 덩어리를 삭이지 못하고 하릴없이 시간을 축내고 있던 때였다. 그때, 문화원 측으로부터 산문 쪽의 강의를 맡아달라는 제의를 받았다. 강청은 망설였다. 사실은 두어군데 출강하던 대학의 강의마저 그만 두고 철저하게 자신의 내면으로 침잠하고 싶었던 참이었다. 그런데 강청보다 먼저 시 분야의 강의를 맡고 있던 친구가 정신 건강을 위해서도 그렇고, 대학 강의와는 또 다른 재미가 있으니까 출강하라고 극구 권했다.

삼십 명 정원에 수강생은 모두 스물넷이었다. 수강생은 연령층이나 학력 등이 다양했다. 이십대 후반의 주부부터 칠십이 넘는 할머니까지 있었다. 학력도 초등학교 졸업자부터 대학원 졸업자까지 다양하게 분포되어 있었다. 문학에 대한 소양도 기초가 전혀 없는 사람이 있는가 하면, 국문과를 정규로 나와 상당한 수련을 거친 사람도 있었다. 수강하는 목표도 달랐다. 단순히 여가를 활용하여 취미생활을 목적으로 수강하는 사람이 있는가 하면, 작가나 시인이 되어보겠다고 야무진 꿈을 가지고 시작한 사람도 있었다. 자연히 강의하는 데 힘이 들 수밖에 없었다. 수강생들의 작품을 대상으로 해서 실기지도를 중심으로 강의를 한다고 해도 수준 차이가 많아 지도하기가 쉽지 않았다.

강의 첫날, 친구가 강청을 어떻게 소개했는지 수강생들이 깊은 관심을 보였다. 강청은 수강생들의 시선에서 그것을 느낄 수 있었다. 강의실 중간의 창가에 앉아서 강청을 뚫어지게 바라보고 있는 인희의 눈빛에서도 그런 속내를 읽을 수 있었다.

그녀는 바로 강청의 눈길을 끌었다. 미모 때문만은 아니었다. 그녀는 잠자리 날개같이 가벼운 검은색 투피스 양장차림이었는데, 창으로 비치는 구월 초순의 파란 하늘을 배경으로 검은 머리 단을 어깨까지 늘어뜨리고 애잔하게 앉아 있는 모습이 추도 미사에 참석한 소녀 같은 인상을 주었다. 그녀의 옆으로는 그녀와 친하게 지내는 양인경, 한성임, 오영희가 나란히 앉아 있었다.

강청은 강의 계획을 말한 다음, 첫 시간이니 각자 자기소개와 하고 싶은 얘기를 먼저 하자고 했다. 격의 없이 이야기를 할 수 있는 분위기를 만들기 위해 책상을 둥그렇게 배열하고 둘러앉았다.

맨 처음 정년퇴임을 한 교장 부인인 칠십 세의 할머니가, 소녀 시절에 가졌던 문학에 대한 열정을 마지막 불사르고 싶어서 수강하게 되었는데 수강생들에게 누나 끼치지 않을는지 모르겠다고 자기소개를 했다. 네 번째가 인희의 차례였다. 그녀도 다른 사람들처럼 간단히 "잘 부탁합니다. 아무갭니다." 하는 식의 의례적인 인사로 자기소개를 끝낼 줄 알았다. 그런데 그게 아니었다.

"안녕하세요. 나인희예요……." 그녀는 눈으로 웃으면서 수강생들을 둘러보고 쾌활하게 말했다.

"왜 산을 오르느냐고 물으면 그냥 산이 좋아서 오른다고 말하는 산사람처럼, 저도 글이 쓰고 싶어서 저도 모르게 발길이 이리로 향했어요. 글재주도 없으면서…… 한때는 문학에 깊이 빠졌던 때도 있었는데, 남편의 사랑에 더 깊이 빠져서 그만 문학의 길을 잃어버렸어요. 할 수 있으면 그 얘기를 소설로 써 보고 싶어요. 좋은 교수님 모시고 여러분들과 함께 공부하게 돼서 차암 기뻐요. 잘 부탁드립니다아……."

인희의 인사가 끝나자 여기저기서 "아유, 어쩌면 조오로케 말도 잘 해…….", "처녀 같은데 초등학교에 다니는 애가 둘이라니……." 저마다 한 마디씩 했다.

그녀는 강의에 한 번도 빠지지 않고 열심히 참석했다. 거의 매번 정해 놓은 자리이기나 하듯 오른쪽 창가에 그림자처럼 앉아서 듣고 있다가 조용히 일어서곤 했다. 돌아가면서 수강생의 발표 작품에 대한 의견을 말할 때도 웃으면서 "좋네요, 차암……." 하기만 할 뿐 특별한 평을 하지 않았다. 그러면서도 가끔씩, 몇몇의 수강생들처럼, 강청의 내면의 세계를 엿보고 싶어 하는 호기심을 눈빛에 담기도 했다. 그러나 그런 욕구를 담은 눈빛은 강렬하지 않았다. 수강생 가운데 그런 감정을 강하게 표현하면서 접근해 온 것은 한성임이었다.

한성임은 마흔네 살이었다. 대구 출생인데 서울 말씨에 경상도 사투리의 억양이 강했다. 그녀는 강한 억양만큼이나 옷차림이 화려하여 금방 주변의 시선을 끌었다. 그녀는 몸매 관리에 무척 신경을 쓰는 것 같았다. 신경을 쓰는 정도가 아니라 좀 과장해서 말하면, 마지막 생의 의미와 보람을 육감적인 몸매를 유지하는 데 두고 있는 것 같았다. 그러면서 한성임은 인희의 미모에 상당한 경쟁의식을 느끼는 것 같았다. 언젠가 함께 식사하는 자리에서 두 사람이 주고받은 대화에서도 그것을 감지할 수 있었다. "나한테 너무 먹지 말라고 말하는 언니는 더 해요. 하긴 언니 나이에 그렇게 예쁜 몸매를 유지하려면 뭐……." "그래. 매일매일 피눈물 나는 살과의 전쟁이다. 인희 니도 언니 나이가 돼 봐라. 지금 그 예쁜 몸매를 유지할락카믄 얼매나 많은 피와 땀과 눈물이 필요한지 알끼다, 아마……." 그녀는 성격도 활달했다.

강청이 칩거하고 있는 절을 구경시켜 달라고 떼를 쓰다시피 요청한 것도 그녀였다. 수강생들이 절 마을에 더욱 관심을 갖게 된 것은, 그즈음 주목을 받고 있던 후배 작가가 한 달 남짓 절에 머리를 쉬러 왔다가 그동안 생활하면서 보고 느낀 것을 「깡통따개가 없는 마을」이라는 단편으로 발표하여 문학상을 받고, '작품의 산실'이라는 텔레비전의 프로에 그

마을이 방영되어 화제를 모았기 때문이었다. 강청은 수갱생들에게 시간이 되면 놀러오라고 했기 때문에 그녀의 청을 거절할 수 없었다. 솔직히 말하자면 그즈음 그는 가을이 깊어 가는 산사에서 너무나 고독했고, 우울했다.

강청은 한성임과 함께 오영희, 나인희, 양인경을 낡은 르망 승용차에 태우고 거처하는 산사의 마을로 왔다. 그녀들은 세천을 지나 어부동으로 가는 도로로 접어들자 차창 밖으로 스치는 풍경을 바라보면서 저마다 탄성을 발했다. 삽상한 가을바람에 가녀린 목을 흔들고 있는 코스모스, 여기저기 산야에 애잔하게 피어 있는 구절초, 쑥부쟁이, 아슴한 눈물빛 가을강…… 더욱이 카 스테레오에서는 산 넘어 옥천이 고향인 정지용의 시 '향수'가 애절하게 흘러나오고 있었다. ……얼룩배기 화왕소가 금빛 게으른 울음을 우우느은 곳, 그곳이 차마 잊힐 리 있으리야…… 그네들은 감정을 넣어 노래를 따라 불렀다.

강청은 산사의 방에서 차를 대접한 다음 주변의 경관이 좋기로 소문이 나 있는 꽃님이네 식당으로 안내했다. 식당은 바닷가 벼랑 위에 얹어놓은 암자 같았다. 방마다 넓은 창을 달고 있는 건물의 전면으로는 잔디가 잘 가꾸어진 정원이 있고, 정원의 왼쪽 벼랑 위에 망루 같은 바위섬이 있다. 그곳에 올라서면 좌우로 끝없이 펼쳐진 대청호의 아름다운 자태가 한눈에 들어온다. 가장 강한 감정 표현을 하며 경치에 도취한 것은 한성임이었다.

"너무, 너어무 조오타아! 영희야, 인희야아! 니캉 내캉 골치 아픈 거 다

치아뿌리고 여기서 살믄 안 좋겠나? 저, 저어기 물빛하고 산빛 좀 봐아라!"

눈을 가느스름하게 뜨고 꿈꾸는 듯한 시선으로 호수를 바라보던 오영희가 그녀의 말을 받았다.

"성임 씨는 안 돼! 이런 데서 오래 못 살아. 하고 싶고 보고 싶은 게 너무 많아서……."

"그래요. 맞아, 맞아! 영희 언니라면 몰라도……."

인희가 맞장구를 치자 한성임이 정색을 했다.

"그러지 말아라, 인희야…… 언니도 알고 보면 고독에 익숙한 여자라 안 카드나……."

"호호호…… 성임 씨가 고독해요? 호호호……."

오영희가 특유의 촌 계집애 같은 순박한 웃음을 계속 터뜨리자 한성임이 짐짓 화가 난 표정을 지었다.

"와 이카노! 고독은 영희 니만 특허를 냈나? 정말 외로븐 사람은 외롭다 안 카는 기다! 아나, 니?"

양인경이 듣고 있다가 불보살같이 온화한 미소를 지으며 한 마디 했다. 그녀는 기품 있게 살이 찐 중년의 몸매에다 온화한 얼굴이, 맏언니 같은 너그러운 인상을 풍겼다.

"어째들 수상하네…… 선생님 앞에서 꼭 고독을 광고하는 거 같어……."

"맞아요, 언니! 성임이 언니가 흑심 두고 있나 봐!"

"인희 니 말이 맞다! 왜? 그카믄 안 되나?"

"오매매…… 농담으로 했더니 진짠가 보네……."

양인경이 놀란 척 눈을 동그랗게 뜨고, 오영희가 또 호호호…… 하고 웃었다. 한성임도 좀 멋쩍은지 얼른 말머리를 돌렸다.

"사실은 말야…… 젤 고독한 사람은 교수님인지도 몰라…… 그치요, 교수니임?"

강청은 헙헙한 웃음으로 답했다.

"어떻게 아셨죠, 그걸……?"

"왜 몰라요? 사랑과 가난은 감출 수가 없다카잖아요…… 고독도 마음의 가난에서 오는 거 아니겠어예?"

"글쎄요…… 족집게시네요."

한성임이 의기양양한 표정을 지으며 어깨를 으쓱했다.

"거봐라…… 언니 말이 맞지!"

그러자 인희가 쿠쿡, 하고 소리 내어 웃었다.

"누구는 그걸 모르나…… 이 세상에 고독하지 않은 사람이 어딨어요?"

"오매매…… 인희 씨도 고독해? 신랑이 그렇게 잘해 주는데도?.

"정말……."

양인경과 오영희가 장난스럽게 놀란 표정을 짓고 인희를 바라보았다.

"몰라요, 나도…… 왜 고독한지……."

인희가 웃으며 한숨을 포옥 쉬었다. 강청이 미소를 짓고 말했다.

"프랑스 사람들은 형이상학적인 고독을 쏠리뛰에르라고 하고, 형이하학적인 고독을 디레스망이라고 한다던데…… 어떤 고독입니까?"

"물론 쏠리뛰에르적인 고독이지요! 하하하……."

인희가 공허하게 웃자, 한성임이 입을 삐쭉 했다.

"인희 니, 정말 고독하겠데이…… 쏠로로 뛰는 고독을 하자카먼……."

"쏠로로 뛰는 고독?"

"그렇지 않구? 쏠리뛰에르…… 쏠로로 뛰는…… 혼자서 뛰는…… 비슷하잖아?"

한성임의 연상이 기발하다고 생각하면서 강청이 그 말을 받았다.

"어차피 삶의 길은 혼자서 가는 거 아닌가요? 홀로 가자니 너무 외롭고, 셋이 가자니 길이 좁고, 둘이 가자니 갈 사람이 없네…… 인생길은 그런 거 같은데……."

말이 끝나기 무섭게 이구동성으로 한 마디씩 했다.

"와아, 그 말 너무 멋있네요!"

"교수님 정말 멋지다아!"

"그럼 고독한 사람끼리 모두 여기서 삽시다, 그냥…… 길이 좁으면 가지 말고…… 그냥 주저앉아서! 마음이나 부비면서…… 하하하……."

모두들 "좋아요, 좋아!", "좋지요!" 하고 따라 웃었다.

그날 흔쾌하게 마시고 떠들었다. 술은 인희가 제일 잘 마셨다. 한성임도 잘 마시는 편이었지만 술을 즐기기보다는 기분으로 마시는 것 같았다. 술이 제일 약한 건 오영희였다. 오영희는 감정도 여린데다가 술이 몇 잔 들어가자 문학소녀 같은 감상에 젖어 자신의 감정을 주체하기 힘들어 했다.

그녀는 노래를 잘 불렀다. 그녀는 양인경이 노래를 청하자 조금 사양하다가 김소월의 시 '실버들'을 첫 곡으로 불렀는데, 그녀의 노랫가락에는 한이 배어 있었다.

인희는 타고 난 술꾼 같았다. 가냘픈 체구에 어울리지 않게 마시는 양도 많았지만 술판의 분위기를 즐겁게 이끄는 것에 호감이 갔다. 강청이 평소에도 자주 술을 마시느냐고 물었더니 눈가에 주기가 대롱대롱 매달려 있는 눈으로 웃으면서 되물었다.

"왜요? 자주 마시면 안 되나요? 여자가……?"

"그런 건 아니고…… 너무 자연스럽고 편안해 보여서요."

"왜 마시느냐고 묻지는 않으세요?"

"……."

"심심해서 마셔요…… 심심해서……."

"……."

"언니들한테 물어보세요. 언니들도 심심해서 마신다구 그러지…… 심심해서 마시다 보니까 궁금해서 마시게 되구…… 이제 안 마시면 허전해서 마실 때도 있어요. 중증이죠? 교수님, 저?"

"하하하…… 저보다는 중증이 아니네요."

"교수님은 어느 정도신데요?"

"저는…… 술을 안 마시면…… 술을 배신하는 것 같아서…… 미안하고, 쑥스럽고…… 그래서 어쩔 수 없이 마시죠."

"경증은 아니신 거 같네요."

"술이 배반하고 돌아서는 날까지…… 기다리는 수밖에 없겠지요?"

"그건, 교수님 처방인가요, 제 처방인가요?"

"왜요? 처방이 맘에 안 드나요?"

"아니요. 전 술보다 더 열중할 수 있는 일이 생기면 끊을 거예요. 심심하지만 않으면……."

"그렇게 심심하세요? 심심하면 맛소금을 좀 치시지요?"

"맛소금요?"

인희가 강청을 빤히 바라보면서 웃었다.

"세상의 슈퍼마켓에는 제가 찾는 맛소금이 아직 안 나와 있는 거 같아요. 구할 수 있으면 교수님이 좀 구해주세요?"

"……."

강청은 인희의 장난기 어린 얼굴을 바라보면서 왠지 더 이상 농을 주고받을 기분이 아니어서 입을 다물었다.

심심하다. 강청은 그들과 어울리면서 그 심심함을 조금씩 이해하게 되었다. 그녀들은 시간이 남아서, 할 일이 없어서 심심한 것이 아니었다. 그녀들은 심심하지 않기 위해서 남편에게 열심히 바가지도 긁고, 꼼꼼하게 가계부도 적고, 서예도 배우고, 헬스도 하고, 교양강좌에도 나가지만 그래도 심심한 것이었다. 어쩌면 그것은 허무하게 다가오는 시간의 염전에서 순도 높게 채취한 소금으로나 간을 맞출 수 있는 심심함인지도 몰랐다. 그런데 그녀들의 사계(四季)는 지금 우기(雨期)에 접어든 것 같았다.

그러나 인희의 심심함은 그렇게만 가늠할 수도 없는 면이 있었다. 그녀의 심심함은 이상의 스프에 허무와 환상의 쏘스가 너무 많이 들어가서 자꾸 물을 붓다 보니 싱겁게 된 것 같았다. 강청이 그런 엉뚱한 생각을 하게 된 것은 그녀가 술이 절정에 오르면 "난 말예요, 황진이, 그래요, 황진이가 될 거예요…… 이 담에 다시 태어나면 황진이가 될 거란 말예요. 여자이면서 여자가 아닌 여자, 여자가 아니면서 더 여자인 진짜 여자…… 멋있잖아요?" 하고 주정하듯 소리치는 것을 여러 번 보았기 때문이다.

"인희 씨한테 그런 피해망상의 증상이 나타난 것이 언제부터라고 해요?"

강청은 회상에 깊이 잠겨 있다가 침울한 어조로 묻는다. 양인경이 강청과 시선을 맞추며 천천히 입을 연다.

"……물어보지 않아서 그건 모르겠고…… 남편의 말로는, 일종의 의부증에다 자식들에 대한 실망이 가중된 거 같은데…… 더 근본적인 문제는 자기 삶에 대한 허탈과 상실감이 아닌가 싶어요."

"의부증요?"

"결혼하고 십 년 쯤 됐을 땐가 봐요. 대학 다닐 때 인희 남편을 좋아했던 후배가 있었나 봐요. 그 후배와 남편이 자주 만나는 걸 보고 인희가 흔들렸던 거 같아요. 부부 생활 십 년쯤이면 어떤 부부고 권태기라는 게 홍역처럼 스치고 지나가는 거 아녜요. 그런데 인희가 좀 자존심이 강한 여자예요…… 거기다가…… 인희가 남편과 연애하다가 재학 중에 임신을 하고 일찍 결혼했잖아요. 남편이 재학 중에 군대를 가고 친정에서 아이를 키우면서 고생을 많이 했대요. 남편이 고시 공부를 하다가 그것도 안 되니까 하급 공무원이 되었는데 승진마저 뜻대로 되지 않자 살림이 어려워 스트레스를 많이 받았던 거 같구…… 그런 와중이었는데 남편이 한눈을 판다고 생각하니까 많이 흔들렸겠지요. 인희가 문화원 강의에 나온 것도 그 무렵이었던 거 같아요. 좋은 환경에서 자랐고, 감수성이 강하면서 생각이 깊은 여잔데 오죽했겠어요. 거기다가 호감이 가는 교수님을 만났으니……."

강청은 의미심장한 눈빛으로 바라보는 양인경의 시선을 피하며 또, 이십여 년 전의 어느 날 밤을 회상한다.

여름의 끝이었다. 입추를 며칠 앞둔 팔월 초순이었다. 그날은 오후부터 찔끔찔끔 내리는 비가 밤들어서는 빗방울이 굵어져서 장맛비처럼 내렸다. 인희한테서 집으로 전화가 온 것은 아홉시가 넘은 시각이었다. 강청은 거실에서 아홉 시 뉴스를 보고 있던 중이었다. 강청이 전화를 받자마자 인희의 공허감이 묻어 있는 목소리가 끈끈하게 다가왔다. "계셨네요. 야경이 너무 좋아서 전화했어요. 음악도 좋구요. 까뮈예요. 나오실 수 있죠?"

강청은 마침 혼자 있었으므로 곧 나가겠다고 대답했다. 아내는 저녁 모임에서 돌아오지 않고 있었고, 아이들은 자율학습에서 귀가하려면 이른 시각이었다.

까페 '까뮈'는 월평동의 갑천변에 자리 잡고 있었다. 인희는 그 카페의 창가에 앉아 넓은 통유리를 통해 강변의 풍경을 내다보는 것을 좋아했다. 강청이 '까뮈'에 도착했을 때 그녀는 가로등 불빛이 투영된 갑천의 물을 바라보며 진토닉을 마시고 있었다. 강청이 다가가자 반색을 하면서 일어섰다. 전화의 목소리와는 달리 밝은 표정이었다. 눈가에는 취기가 대롱대롱 매달려 있었다.

강청이 자리에 앉자마자 그녀는 서로 진도를 맞춰야 한다면서, 진토닉을 진하게 칵테일을 해서 거푸 세 잔을 권했다. 강청은 잠자코 권하는 대로 연달아 마셨다. 강청이 취기를 느끼며 빗속에서 졸고 있는 창밖의 가로등을 바라보고 있을 때 그녀가 말했다.

"여섯 시부터 성임 씨랑 마셨어요. 성임 씨더러 먼저 들어가라고 하고 교수님을 불렀지요. 혼자 있고 싶었는데, 저도 모르게 주술에 걸린 것처럼 발이 제멋대로 전화가 있는 데로 갔어요. 중증이죠, 저?"

강청이 말이 없자 그녀가 나지막이 소리 내어 웃었다.

"하하하…… 저 이상해졌죠? 전 더 솔직해지구 싶어요. 제 기분을 이해해 주세요. 자, 건배! 나인희의 상한 날개의 비상을 위하여…… 암컷들의 썩지 않는 슬픔을 위하여…… 살아있음의 허망함을 위하여…… 거언배 애!"

인희는 수없이 건배 제의를 했다. 강청은 잔을 부딪치면서, 유리잔의 투명한 울림소리가 처연한 슬픔의 공명처럼 들렸다.

열한 시가 조금 넘었을 때 질펀하게 흐르고 있는 갑천의 물을 내려다보다가 그녀가 느닷없이 말했다.

"교수님, 바다가 보고 싶어요."

그녀가 고개를 돌려 강청을 바라보면서 다시 큰소리로 말했다.

"우리, 바다 보러 가요!"

그녀가 벌떡 일어섰다. 그녀는 다짜고짜 강청의 팔을 잡아끌었다.

"빨리요, 지금!"

강청은 당황하면서 그녀를 올려다보았다.

"지금이 몇 신데? 어떤 바다를 어떻게 가자는 거야?"

그녀가 더 큰 소리로 단호하게 말했다.

"대천 바다요! 왜 못 가요? 제 차로 가면 되지! 제가 운전하는 게 겁나세요?"

"술을 많이 했잖아? 집에서 기다릴 거구."

"집요? 감옥 말인가요? 그리구 술요? 교수님 말대로 주님이 인도하는 대로 가면 되잖아요. 싫으세요? 겁나세요? 교수님은 그렇게 겁쟁이세요? 싫으면 그만 두세요! 나 혼자 갈 테니까!"

그녀는 말릴 새도 없이 카운터로 가서 계산을 하고 밖으로 나갔다. 강청은 멍하니 그녀가 사라진 입구 쪽을 바라보다가 급히 일어나 뒤따라나갔다.

강청이 카페 옆 도로에 세워둔 그녀의 차로 갔을 때, 그녀는 운전석에 앉아서 비가 내리고 있는 골목을 응시하고 있었다. 강청이 운전석 옆문을 열고 들어가 앉자마자 그녀가 시동을 걸었다.

"정말 가는 거야?"

"겁나세요? 저하고 죽기는 억울한가요? 하긴, 전 시간이나 축내고 살지만 교수님은 할 일이 많으시니까! 내려드릴까요? 저 혼자 갈 테니까!"

강청은 대답하지 않고, 헤드라이트 불빛에 번들거리는 비에 젖은 아스팔트만을 멀거니 바라보았다. 가다 보면 마음이 달라져 돌아오겠지, 하고 생각하면서. 한편으로는 그도 바다로 가고 싶은 충동이 일었다. 피곤한 육신의 옷을 훌훌 벗어던지고 편안하게 뛰어들 수 있는 안식의 바다만 있다면.

차는 유성을 벗어나 동학사 쪽으로 질주했다. 늦은 시간이고 빗길이라 그런지 차의 통행이 거의 없었다.

동학사 입구를 지나치자 비가 멎었다. 차는 어둠 속에 불빛을 뿌리며 공암 쪽을 향해 질주했다.

차가 공암을 지나 마티고개를 기어오르기 시작할 때, 강청은 깊은 잠에서 깨어난 것처럼 띄엄띄엄 입을 열었다.

"바, 다는…… 대천에만…… 있는 게 아니잖아?"

그녀가 꼬불꼬불 이어진 비탈길을 주시하면서 말했다.

"다른 바다를 가자구요? 어디? 동해? 남해?"

"그게 아니라…… 그대가 보고 싶은 바다는 그대 마음속에 있는 거 같아서……."

"마음속에 있는 바다?"

"아니, 마음의 바다라고 표현하는 게 더 정확할 것 같군. 선과 악의 풍랑이 없는 바다…… 사랑의 등대가, 미움의 안개에 휩싸여 항로를 잃고 방황하는 고독의 배를, 화해와 용서의 항구로 인도하는 바다…… 인자한 신의 손길처럼 삽상한 바람이 고뇌의 이마를 어루만져주는 바다…… 남루한 욕망의 옷을 벗고 무심의 알몸으로 평안하게 물속으로 뛰어들 수 있는 바다……."

"지금 시 쓰고 계셔요?"

"정확하게 표현은 안 됐겠지만…… 그런 바다를 그리워하고 있는 게 아닌가?"

"……무심의 알몸으로 평안하게 뛰어들 수 있는 바다…… 그 표현이 맘에 드네요…… 어떻게 아셨죠? 제가 그런 바다를 그리워하고 있는 걸……."

"모를 리가 있나, 내가…… 그대의 마음을……."

"어떻게 볼 수 있어요, 교수님이? 도사도 아니면서……."

"도사는 도력으로 그대의 마음을 볼 수 있겠지만 나는…… 사랑의 시력으로 그대의 마음을 보지."

"그 사랑의 시력이 얼마나 되는데요?"

"그건 나도 정확하게 측정할 수 없지만…… 가시거리가 안개로 가려서……."

"……."

바람이 부는가. 숲이 쓸리고 있었다. 헤드라이트 불빛에 적셔진 길 가의 나무들이 무겁게 몸을 흔들고 있었다.

그녀가 물었다.

"그런 바다가 있을까요?"

"그런 바다는…… 있는 것이 아니라…… 만드는 것이 아닐까?"

"누구랑요? 혼자서요?"

"그대의 확실한 동업자가 있잖아."

"동업자? 남편?"

그녀가 강청을 힐끔 바라봤다.

"교수님은 그럼, 동업자와 그런 바다를 만드셨어요?"

"……."

"전 못 만들었어요. 만들려고 노력은 많이 했죠. 아니, 거의 만들었다고 생각한 적도 있었죠. 그렇지만 지금은 아녜요."

"그래서 포기했어? 그런 바다를?"

"포기요?"

그녀가 나지막이 소리 내어 웃었다.

"포기한 사람이 어떻게 그런 바다를 그리워해요. 여자는 본성적으로 그런 바다를 동경하며 살게 돼 있어요. 이상의 옷이 다 헤지기 전에는……."

"그건…… 남자도 마찬가지야."

"하긴…… 사람 나름이겠죠."

"사람 나름?"

"교수님은 어떤 쪽이세요?"

"……."

"왜 대답을 못 하세요? 제가 동업자가 돼 달랄까봐 겁이 나시는 거죠?"

"……."

"부도가 날 거 같아서요?"

"부도? 우선 차를 세우지. 구조조정 좀 하고 생각해보게."

"구조조정요?"

"화장을 고쳐야겠어. 체중조절 좀 하고……"

"그래요. 저도 오줌이 마려워요. 저기, 간이 휴게소에다 차를 세우죠."

그녀가 매점의 불이 모두 꺼진 간이 휴게소에다 차를 세웠다.

강청은 안전띠를 풀고 차에서 내렸다. 그녀도 따라서 내렸다.

바람이 불고 있었다. 바람은 생각보다 강했다. 고개 마루라 바람이 더 강한 것 같았다.

강청은 차 앞에 서서 매점 쪽을 보았다. 건물이 어둠에 잠겨 있어서 어디에 화장실이 붙어 있는지 알 수 없었다. 매점 옆에 화물차가 한 대 서 있었다. 실내등이 꺼져 있는 차안에는 사람이 없는 것 같았다. 그때 칠흑 같은 어둠 속에서 승용차 한 대가 거대한 짐승의 눈알처럼 헤드라이트 불빛을 뿌리며 고개를 넘어왔다. 헤드라이트 불빛이 잠시 길 쪽을 보고 서 있는 그녀의 전신을 훑고 지나갔다. 강청은 불빛에 드러났다가 다시 어둠 속에서 실루엣으로 남은 그녀의 아름다운 자태를 보면서 순간적으로 뇨의(尿意)보다도 더 강렬한 욕구를 느꼈다.

강청은 거세게 욕망을 밀쳐내듯이 그녀에게 큰 소리로 말했다.

"저 쪽으로 가지. 저 화물차 쪽으로……"

그녀가 조금 시큰둥한 목소리로 대답했다.

"갔다 오세요."

강청은 그녀가 자리를 비켜달라는 뜻으로 알고 화물차가 있는 쪽으로 가서 바람을 등지고 소변을 보았다. 바지 지퍼를 올리고 돌아서서 차 있는 쪽을 보니까 그녀가 보이지 않았다.

강청이 차로 돌아왔을 때 그녀는 차안에 있었다.

강청은 여자가 용무를 마치기에는 너무 시간이 짧았다는 생각이 들어, 망설이다가 그녀에게 물었다.

"화장은…… 한 거요?"

"아뇨."

그녀가 대답하면서 차에 시동을 걸었다. 그리고 한숨을 쉬며 말했다.

"가야죠. 바다를 보러…… 현실의 바다라도 가슴에 담아 와야죠."

어지간히 술이 깨어 있는 목소리였다. 강청은 취기보다도 더 몽롱해지는 느낌 속에서 감정을 갈무리며, 잠자코 움직이는 차의 앞창만을 응시했다.

차는 마티고개를 넘어 청벽 쪽으로 난 꾸불텅한 비탈길을 요란스럽게 궁둥이를 흔들며 내려갔다. 고개를 다 내려가자, 청벽으로 들어가는 소로와 금강을 건너 공주로 가는 대교(大橋)로 들어가는 갈림길이 나왔다. 차는 거침없이 대로로 들어서서 단숨에 다리를 건넜다.

다리를 건너면서 강청의 머릿속에서 수많은 생각들이 뒤엉켰다. 사랑, 정사, 허망, 위선, 윤리의 옷, 덫, 고독, 절망, 아픔, 희생…… 대체로 그런 단어들로 뒤죽박죽 조합된 생각의 편린들이었다.

강청도 그녀도 실어증에 걸린 사람들처럼 오랜 동안 입을 열지 않았다. 마치 '침묵으로 버티기' 내기에 도전하는 선수들처럼, 공주를 지나고 정산을 지나, 칠갑산 고개를 다 오를 때까지 말이 없었다. 칠갑산 정상의 휴게소에 이르렀을 때 강청이 먼저 입을 열었다.

"쉬어 가지. 피곤할 텐데."

그녀는 말없이 차를 칠갑산 휴게소에 세웠다. 휴게소 주차장에는 차가 여러 대 정차하고 있었다. 매점과 화장실에 드나드는 사람들이 여럿 눈에 띄었다.

"내려서 커피라도 한 잔 하지."

"하고 오세요."

그녀가 하품을 하면서 말했다. 그녀는 몹시 피곤해 보였다. 술은 거의 다 깬 것 같았다.

"몇 시야, 지금……."

강청은 말하면서 운전석 옆에 붙어있는 전광시계를 들여다보았다. 새벽 두 시를 넘어서고 있었다.

"그만 돌아갈까? 너무 늦었는데……."

"싫어요. 저는 바다가 보일 때까지 달릴 거예요."

그녀가 떼쓰는 어린애처럼 말했다.

"돌아가다가 바다를 만들 수도 있잖아?"

그녀가 잠시 생각하는 표정이다가 착 가라앉은 음성으로 말했다.

"지금까지 오면서 생각했어요. 어쩌면 교수님과는…… 제가 꿈꾸는 바다는 영원히 만들지 못할지도 모른다는 생각을 했어요."

강청은 말없이 차 창 밖으로 하늘을 올려다보았다. 별이 보였다. 구름이 바람에 쓸려간 자리에 새벽별이 빛나고 있었다.

"별이 빛나고 있어. 비 갠 후라 더 아름답군. 높은 산꼭대기에서 바라보니까 별빛이 더 맑고 아름다워 보이는데…… 알퐁스 도데의 '별', 읽어 봤지? 목동이 주인집 아가씨를 사랑한 이야기…… 목동이 사모하는 아가씨가 산에 먹을 것을 가지고 왔다가 비 때문에 내려가지 못하고 하룻밤을 같이 보내게 되는데, 비 갠 후에, 빛나는 별빛 아래서 잠든 아가씨의 모습을 바라보며 느끼는 목동의 순수한 사랑…… 바다는 그렇게 아름답게 만들어지는 것이 아닐까?"

강청은 그녀가 희미하게 미소를 지었다고 생각했다. 그녀는 눈을 몇 번 깜박이고 나서, 가타부타 대답 없이 바다가 있는 대천 쪽으로 차를 몰았다.

다시 침묵이 계속되었다. 침묵은 청양을 지나, 길을 잘못 들어 보령으로 해서 대천 해수욕장으로 가는 우회도로에서 헤맬 때까지 계속되었다.

바다로 가는 길은 이십 분을 더 달렸어도 보이지 않았다.

강청은 희뿜하게 밝아오는 차창 밖을 내다보며 말했다.

"대천으로 다시 돌아가야 하는 거 아닌가……."

그녀가 감정이 없는 목소리로 말했다.

"길이 끊어지지 않았으면 언젠가는 목적지에 닿겠지요. 생각지 않았던 더 좋은 곳에 이를는지도 모르구요."

"그런데 괜찮겠어, 정말? 집은……?"

그녀가 소리 내어 웃었다.

"남편이 걱정되세요? 조선왕조실록을 보니까 연산군 편에 그런 사실이 기록되어 있데요. 연산군이 색을 너무 밝혀서 대신들 부인까지 능욕했는데 그것도 공공연하게 했다고…… 연회에 부인들을 초청해서 가슴에 누구의 부인인지 이름표를 부치게 하고, 맘에 드는 여인은 옷매무새를 고쳐준다는 핑계를 대고 밀실로 데리고 들어가 욕구를 채웠다는 거예요. 그런데 그 여인들 가운데 어떤 여인은 집에 돌아와 목을 매어 죽고, 어떤 여인은 아무 일도 없었던 것처럼 정숙한 부인으로 행세했고, 그것을 눈감아준 부인의 남편들은 부인 덕으로 출세한 사람이 많았대요. 남편이 어떤 행동을 취하던지 그건 그 사람의 자유예요. 전 저예요. 저일 수밖에 없어요. 연산군의 연회에 초청됐을 때 세상의 많은 여자들이 어떻게 행동할 것인가는 뻐언, 하지만, 여자의 진짜 정조는 마음 안에 달려 있다고 생각해요. 전 천박하게 제 자신의 마음을 더럽힌 적도, 그럴 생각도 없어요. 또 여자의 정조가, 한 남자의 소유권 등기 같은 것으로 취급되어서도 곤란하구요."

강청은 그녀의 말을 어떻게 받아들여야 할지 갈피를 잡기가 어려웠다. 우울했다.

강청이 생각에 잠겨 있는데 대천해수욕장으로 진입하는 도로가 나왔다. 날은 주변의 사물을 완전히 구별할 수 있을 만큼 밝아졌다.

바닷가에 이르자 그녀의 얼굴이 좀 밝아졌다. 그녀가 차창으로 바다를 바라보면서 한숨 같은 탄성을 발했다.

"아, 마침내 바다에 왔네요, 정말……!"

해수욕장 입구에서 얼마 떨어져 있지 않은 공터에다 주차하고 백사장 쪽으로 내려갔다. 여러 쌍의 연인들이 백사장을 걷고 있었다. 방파제에 앉아 새벽 바다를 바라보며 밀어를 속삭이고 있는 연인들도 있었다.

바다 쪽에서 불어오는 바람이 거셌다. 해풍이 끊임없이 높은 파도를 몰고 와서 백사장에다 하얀 포말을 부려댔다. 그러나 바다는 안개가 끼어 수평선이 보이지 않았다. 시야가 가 닿을 수 있는 거리가 수백 미터에 불과했다.

그녀가 바다를 하염없이 바라보다가 한숨짓듯이 말했다.

"아아…… 바다도 속 시원하게 가슴을 열어주지 않네요. 이런 바다라면…… 보지 말 걸……."

그녀가 해풍에 날리는 머리카락을 손으로 쓸어 넘기고, 갑자기 홱 돌아섰다.

"에이, 시시해! 우리 빨리 돌아가요!"

강청이 돌아서서 걷고 있는 그녀와 보조를 맞추며 말했다.

"실체의 끝을 만지면 허망할 수밖에 없는 거 아닌가…… 내가 말했지…… 그대가 찾는 바다는 이 바다가 아니라고."

그녀가 또 바람에다 한숨을 섞었다.

"아…… 그런 거 같아요! 아무래도 그 바단, 혼자서 만들어야 할 거 같네요오…… 나아, 혼자서!"

그녀는 대전으로 돌아오면서 어두운 얼굴로 차를 몰았다. 가끔 소리 내어 웃으며 한마디씩 농담도 던졌지만, 그녀의 말끝에서는 허탈감이 분말처럼 날렸다. 강청도 덩달아 허탈해지면서 알 수 없는 부끄러움이 슬그머니 고개를 들었다.

강청이 회상에 잠겨 있는데 양인경이 석양이 반사되고 있는 창밖의 갑천 물을 응시하면서 나직이 말한다.

"그 무렵, 인희는 많이 흔들리고 있었던가 봐요. 인희는…… 교수님한테 여러 번 고맙다고 했어요. 가정이 안정된 후지만…… 자기를 진심으로 아껴주었다고…… 그렇지 않았으면 끝없이 방황했을 거라고 하면서……."

강청은 잠시 더 상념에 잠겨 있다가 무겁게 입을 연다.

"그런데…… 왜 또 방황하게 된 거죠? 자식들 얘기도 했는데…… 뭐가 잘못 됐나요?"

"애들이 올 인한 만큼 인희의 욕구를 충족시켜 주지 못한 거 같아요. 아들은 결혼은 했지만 변변한 직장도 잡지 못한데다 재산 문제로 며느리와의 갈등도 심한 것 같고…… 시집간 딸은 딸대로 시원치 않은 직장에 나가 맞벌이를 해서 외손녀를 키워 주고 있자니 그 스트레스가 이만저만이겠어요. 환상으로 현실을 버티어온 삶이었는데…… 남편에 대한 실망보다도 자식들에 대한 회의가 더 컸지 않았나 싶어요. 특히 아들에 대한……."

"……."

"요즘, 여자들 사이에서 유행하는 유머 아세요?"

"……?"

"미친 여자 삼인방 얘긴데요…… 며느리를 딸로 착각하는 여자, 사위를 아들로 착각하는 여자, 며느리 남편을 내 아들로 착각하는 여자…… 장가간 아들은 희미한 옛사랑, 며느리는 가까이 하기에는 너무 먼 당신, 딸은 아직도 그대는 내 사랑……."

"우스개소리만은 아니네요."

"엄마의 일생도 재밌어요…… 아들 둘 둔 엄마는 이집 저집 다니다 노상에서 죽고, 딸 둘 둔 엄마는 해외여행 다니다 외국에서 죽고, 딸 하나 둔 엄마는 딸네 집 씽크대 밑에서 죽고, 아들 하나 둔 엄마는 요양원에서 죽는다…… 어쩌다 세상이 이렇게 된 거예요?"

"글쎄요……."

강청은 씁쓸한 미소를 입가에 올리며 문득, 오래 전 정신과 의사인 친구가 했던 한 환자 얘기가 떠오른다. 체계적인 피해망상과 환청 등으로 입원해 있던 환자의 얘기였다. 환자는 이십대 후반의 처녀였다. 그녀의 어머니가 면회를 왔는데 어머니를 보자 갑자기, 너는 내 어머니가 아니다, 어머니로 변장하고 있다, 고 하면서 자기를 해치러 왔다고 심한 흥분상태를 나타냈다. 간호사가 어머니보고 그게 무슨 말이냐고 했더니, 얼굴이나 체격, 음성은 꼭 우리 엄마와 같지만 현대는 무엇이든지 할 수 있는 시대니까 변장 같은 것은 얼마든지 감쪽같이 쉽게 할 수 있지 않느냐고 하면서 이 여자를 앞으로는 면회 오지 못하게 하라고 고래고래 소리를 지르고 어머니가 가져온 내의와 간식도 일체 받지 않겠다고 거절하였다. 면회 후에도 계속해서, 지금 온 여자는 흉내는 그럴듯하게 내고 있지만 가짜임에 틀림없다, 나한테 아양을 떨고는 가져온 음식에 독약을 넣어 먹이려고 했던 게 틀림없다고 완강하게 주장했다.

환자의 어머니는 첩으로 살면서 환자와 동생을 낳았고 따라서 환자는 어린 시절부터 어머니의 존재를 몹시 부끄럽고 수치스럽게 느꼈다고 하며, 간혹 다른 남자와 바람까지 피우는 어머니에 대해 심한 갈등적 태도를 지녀왔다는 것이다.

부모와 자식 간의 신뢰감의 붕괴에서 발생하는 이런 유(類)의 환자들이 의외로 많이 병원을 찾아오고 있다고 하면서, 그가 관찰해 온 바로는 달러를 벌고 수출을 늘리기 위해 해외의 인력파견이 시작된 후, 향락주의와 가정파괴의 문제가 야기되면서부터 이런 환자들이 급격이 늘어나고 있는 추세라고 한숨을 쉬었다.

"요즘…… 황혼 이혼하는 여자들도 많은가 봐요……."

양인경이 한숨을 포옥 쉬면서 다시 창밖의 갑천으로 시선을 옮긴다. 강청도 양인경의 시선이 머물고 있는 창밖으로 눈을 준다. 질편하게 흐르고 있는 물이, 이십여 년 전 그 여름의 끝자락에 흐르던 물처럼 무심하게 흐르고 있다. 물은 그대로 그 물이고, 인희와 만났던 장소도 그대로다. 달라진 것이 있다면 계절이 바뀌었고 '까뮤'의 주인이 바뀌었다는 것뿐이다. 양인경이 강청에게 전화를 해서 이곳으로 약속 장소를 정한 것도, 아늑한 분위기도 분위기지만, 어쩌면 그 시절의 향수 때문이 아닌가 싶다.

"갑천은 그대로네요. 산책로의 벚나무들이 크고 무성하게 자랐을 뿐…… 지금도 여기서 자주들 만나나요?"

강청이 감회에 젖어들며 묻자 양인경이 허탈하게 웃는다.

"자주 만나긴요…… 다들 할머니가 돼서 바쁜데…… 저도 창원에서 외손주 봐주느라고 한참 만에 올라왔어요. 열정도 식은 데다 교수님이 구심점이었는데 만나 뵙기도 어렵잖아요. 교수님 뵌 지 삼 년도 더 되는 거 같네요. 그래도 인희와는 연락하고 사시는 줄 알았는데…… 조치원에서 세종으로 옮기신 지는 얼마나 되셨어요?"

"삼 년째 되네요. 둘째아들하고 며느리가 어떻게나 강권하는지…… 아버님이 형편이 안 되시면 모를까, 그래도 사회적으로 아버님이나 자식들이나 다 괜찮다고들 하는데, 시골의 열악한 원룸에서 불편하게 사시는 건 저희들도 그렇고 사람들 보기에도 면목이 서지 않는다는 말에는 더 버틸 수가 없더라구요. 와서 살고 보니까 자연환경이니 뭐니 대만족이에요. 그래서 세종시를 추천한 둘째 며느리한테 고맙다고 하지요."

"며느리 사랑은 시아버지라는데 며느리들이 잘하는가 봐요. 그렇더라도 너무 기대하지는 마세요. 잘난 자식은 국가 자식이고, 돈 잘 버는 자식은 사돈네 자식이고, 빚쟁이 자식은 내 자식이라는 말이 있잖아요. 하기는 교수님은 누구 덕 보려고도, 어디 매이려고도 하지 않는 분이시니까…… 그럼 걔들은 어떻게 하셨어요? 불쌍해서 데리고 다니던 걔들은요?"

"왔다 갔다 하면서 돌보지요. 방은 그냥 세를 얻은 채."

"며느리들이 사모님하고 합치라고는 안 해요?"

"마음이 출가한 지 오랜데 뭘 또 새삼스럽게……."

강청이 쓴웃음을 짓자 양인경이 장난기 어린 눈빛으로 묻는다.

"출가예요, 가출이에요?"

"……."

"그래도 늙어서는 부부밖에 없어요. 교수님은 아직 마음도 육체도 젊어서 그러실 거예요. 영희 씨도 남편과 갈등이 많았지만 인제 신랑하고 잘 지내고 있어요. 나이 들어서는 사랑이 아니라…… 정으로…… 안쓰러워서 산다잖아요…… 사모님도 가정 지키느라고 고생 많이 하셨구요."

"가족 모임은 하고 있어요. 큰 손녀가 할아버지는 왜 혼자 사느냐고 자꾸 묻는데 마음이 많이 흔들리더라고요."

"손녀가 몇 살인데요?"

"이제 일곱 살인데, 다섯 살 쯤 되니까 그런 말을 자꾸 하더라구요. 애가 영리하고 감수성이 예민해요. 예쁘구요."

"손녀를 많이 사랑하시나봐요?"

"나보다도 제 할머니 사랑이 더 유별난 거 같아요. 앞 뒤 아파트에 살면서 매일 보니까 더 그렇기도 하겠지만…… 수원 사는 큰 아들네 손녀에 대한 사랑은 더 애틋한 거 같구…… 네 살밖에 안 된데다가 제 애비 어미가 경찰이다 보니 제대로 돌볼 겨를이 없거든요."

"손자는 없으세요?"

"작은애한테 네 살 난 놈이 하나 있어요. 고 놈도 영악하기가 보통이 아닙니다."

"손자 손녀 사랑에 푹 빠지셨네요, 뭘…… 사모님은 더 말할 게 없을 거 같구…… 체홉의 소설 '귀여운 여인'의 주인공이 올렌카 맞나요? 읽은 지가 하두 오래 돼서…… 그 여인은 어려서부터 무엇인가를 사랑하지 않고는 못 견디는 여자지요. 그녀는 극장을 경영하는 첫 번째 남편, 사별하고 두 번째 만난 제재소를 경영하는 재혼남, 그리고 세 번째 수의사 정부에게, 그때마다 자기 운명에 순응하면서 오롯이 사랑을 쏟아 붓지요. 노년에는 정부인 수의사의 가족이 살 곳이 없게 되자 가족들을 자기 집에 들어와 살게 하고 괴팍하고 예쁠 것도 없는 수의사의 어린 아들에게 온갖 사랑을 기울이면서 삶에 행복을 느끼잖아요. 사모님도 아마 거의 올렌카와 같은 심정으로 손자 손녀들에게 마음을 붙이고 있지 않나 싶네요. 여자들은 거의 누구나 천성적으로 무엇인가에 집착하고 사랑하지 않고서는 못 견뎌하는 것 같아요. 남자들도 늙어서는 아들을 키울 때보다도 손자에 대한 사랑이 더 깊고 애틋한 거 같더라고요. 그게 생명을 이어가게 하는 조물주의 섭리인지 모르지만 ……."

강청은 조금 착잡한 심정으로 양인경을 바라보다가 묻는다.

"인희 씨는…… 가정으로 돌아갈까요?"

양인경이 다시 창밖을 멀거니 바라보다가 혼잣말처럼 말한다.

"돌아갈 거예요. 아마 어디서 헝클어진 마음을 정리하고 있겠지요."

"어디서요?"

"……."

"……짚이는 데가 있나요?"

양인경이 망설이다가 천천히 입을 연다.

"한 군데 짐작이 가는 곳이 있기는 한데……."

"그래요? 어딘 데요?"

"인희가 몇 년 째 단청 공부에 열중하고 있거든요. 불교 집안인데다 고등학교 때 미술반 활동을 했고 그림에도 소질이 있어서 문화센터에서 그림 공부를 계속 했어요. 제가 다니는 절의 큰스님한테 같이 단청을 배웠는데 인희는 푹 빠져버렸어요…… 십 년 동안 업장 소멸로 만 점의 단청을 그리겠다는 서원까지 했으니까요!"

"그럼 절로 들어갔단 말예요? 그 절이 어딘데요?"

"갑사 쪽이었는데 그 비구니 스님이 강원도 평창 어느 암자로 가셨거든요. 그쪽에서 단청하는 무형문화제 스님과 함께 지내시겠다면서…… 자주는 아니지만 왕래를 했으니까…… 아마도 거기서……."

"그래요? 전혀 몰랐는데…… 그림까지 하는 줄은…… 그렇기나 하면야…… 그런데 인경 씨는 지금도 절에서 생활하는 때가 많아요? 하기는 고등학교 때부터 대불연 활동을 열심히 하셨으니까……."

"아니요. 그냥 평범하게 살아요. 수십 년을 부처님 말씀에 심취해서 이 절 저 절 큰스님 찾아서 헤매 다녔는데 그렇게 요란 떤다고 얻어지는 게 아닌 거 같아요. 요즘은 방거 거사 설화가 가슴에 많이 와 닿아요. 방거 거사 아시죠?"

"모르는데요……."

"방거 거사는 물론이고…… 부인과 딸도 불심이 깊어서 재가(在家)에서 모두 깨달음을 얻었대요. 재밌는 일화가 있어요. 방거 거사가 '깨달음 공부가 참으로 어렵다'고 하니까 부인이 '어렵지 않다. 쉽다. 백 가지 식물이 부처의 어머니인데 무엇이 어려운가' 하고 대답했대요. 그러자 딸 영조가

'쉽지도 어렵지도 않다. 먹을 때 먹고 잘 때 자면 되는데 무엇이 어렵고 쉬운가'라고 했답니다.

열반할 때도 방거 거사가 딸 영조에게 '정오에 열반할 테니 나가서 나무의 그늘이 지는 것을 보고 시각을 알려 달라'고 했는데 영조가 '일식이 있어 해를 볼 수가 없다'고 하자, 방거 거사가 마당으로 나간 사이, 영조가 아버지 자리에 앉아 먼저 열반했대요. 방거 거사가 방으로 들어와 딸이 먼저 열반한 것을 보고 '참 빠르기도 빠르구나, 나보다 먼저 빠르게 갔구나' 하고 일주일 후에 뒤따라 열반했답니다. 가고 오는 자리를 알고 그것에서 자유로울 수 있는 거…… 거창하게 얘기할 것 없이, 그것이 깨달음이 아닐까 싶어요…… 그냥 있는 자리에서 다 비울 수 있는 거…… 집착을 놓는 거……."

"그게 어디 말처럼 쉬운가요……."

"……."

"……나이가 이제 어지간이들 먹었네요. 새는 죽을 때가 되면 울음이 구슬프고 사람은 그 말이 선해진다고 했는데…… 화제가 이런 쪽으로 흐르는 걸 보니……."

양인경이 강청의 말을 곰곰이 새기는 표정이더니 뜬금없이 한마디 한다.

"이제 다 잊고 용서하세요. 섭섭하고 화가 나는 일이 많으셨겠지만…… 용서는 과거를 변화시킬 수는 없지만, 미래를 넓혀준다고 하지 않아요?"

에덴의 후원

1

"무애원? 무슨 뜻인데?"

"없을 무(無), 거리낄 애(礙), 동산 원(園), 모든 종교와 종파를 초월해서 사랑과 자비를 실천하는 사랑 나눔 동산이라고나 할까……."

강청은 가쁜 숨을 몰아쉬며 대답한다. 종헌도 숨이 차는지 걸음을 멈추고 엉거주춤하니 선다.

"종교와 종파를 초월해서 사랑과 자비를 실천하는 사랑 나눔 동산? 사랑과 자비라면 기독교와 불교가 아닌가? 물론 어느 종교고 선을 지향하는 점은 같지만…… 그런데 천주교라면 몰라도 기독교와 불교가 같이 뜻을 모으기는 어렵지 않을까?"

"나 이외의 다른 우상에게는 경배하지 말라는 교리 때문에? 그건 천주교도 마찬가지 아닌가?"

강청도 걸음을 멈추고 종헌의 얼굴을 마주 바라본다. 종헌의 입가에 미소가 번진다. 예순 아홉. 해맑은 동안인데도 머리칼은 백발이다.

"나도 모태신앙이지만 기독교는 오직 예수, 오직 십자가거든!"

"오직 십자가? 그 십자가가 무엇인데? 그 십자가는 예수가 보혈을 흘린 형틀의 십자가가 아니라, 인간의 원죄를 대속하기 위해 예수가 내어준 피와 살, 바로 인간 사랑을 말하는 것이 아닌가? 새 계명을 주노니, 서로 사랑하라! 살인하지 말라. 간음하지 말라. 도적질하지 말라. 거짓 증거 하지 말라…… 그 모든 계율 가운데 가장 으뜸이 '서로 사랑하라'는 계율이고, 사랑으로 계율은 완성된다고 마태복음에서도 말하고 있지 않은가? 그렇다면 예수가 실천으로 가르치는 사랑은 불교의 '무주상보시(無住相布施)'의 가르침과 무엇이 다른가? 자네도 들어서 아는지 모르겠네만…… 석가모니가 아난존자와 함께 길을 가는데 악귀가 시험하려고 길을 가로막고 물었지. 세존이시여, 당신은 어렵고 곤궁한 자에게는 무엇이든지 다 준다고 들었는데 저에게도 그 자비를 베풀어 줄 수 있습니까, 하고 말이야. 그래서 석가모니가 원하는 것이 무엇이냐고 물으니까, 악귀가 대답하기를 '제 어머니가 안질에 걸려 백방으로 약을 구하러 다녔으나 다 효용이 없고 오직 당신의 왼쪽 눈동자를 달여 먹어야 낫는다고 합니다. 주실 수 있습니까?'하고 물었어. 그 말을 듣고 석가모니가 지체 없이 왼쪽 눈을 빼어내서 악귀에게 주었어. 그런데 악귀는 그 눈동자를 그 자리에서 땅바닥에 패대기를 치고 뒤꿈치로 싹싹 비벼서 으깨어버렸어. 아난존자가 그 광경을 보고 '네가 아무리 사악한 악귀로서니 어찌 은혜를 그렇게 악으로 보답하는 것이냐!'하고 호통을 쳤어. 그러자 석가모니가 아난존자에게 말했어. '아난아, 주었으면 받은 사람이 그것을 무엇에 어떻게 쓰든 상관하지 말거라. 보시는 보답을 바라지 않고 그냥 베푸는 것이다. 베풀었다는 생각조차를 하지 않는 것이다. 가던 길이나 어서 가자!'라고. 예수의 십자가의 대속은 바로 이런 것이 아닌가? 겉옷을 벗어 달라 거든 속옷까지 벗어 줘라, 오 리를 가자고 하면 십 리를 함께 가라는 바로 그 예수의 가르침이, 석가의 가르침이 아닌가 말이야!"

종헌이 또 티 없는 웃음을 입가로 흘린다.

"나도 자네와 생각이 같아. 우리는 고등학교 때 불교 종단의 학교에서 수학해서, 불교의 가르침에 적지 않게 영향을 받은 거 같아. 나는 인품이 훌륭하신 한철수 법사님의 깊은 가르침에 감명을 많이 받았고, 그때도 불교의 자비와 기독교의 사랑이 다른 것이 아니구나 하는 생각을 했어. 그 영향으로, 기독교의 맹신도나 광신도가 되지 않았는지 몰라. 우리, 여기서 좀 숨을 고르고 올라갈까? 아직 많이 올라가야 돼?"

"아니. 반쯤 올라왔어. 한 십오 분, 기도처까지 가려면 그 정도면 충분해. 절 뒤쪽 길로 가면 더 빠른데, 그곳은 그동안 사람들이 다니지 않아서 잡목이 우거져 있어. 마침 동구청에서 등산로를 널찍하게 내놓고, 바로 기도처 산등성이에다가 정자까지 지어놓아서 이 길로 다니지. 대청호가 한 눈에 내려다보이는 곳인데 이용하는 등산객도 거의 없어. 자, 앉자구!"

강청은 등산로 옆의 작은 너럭바위 위에 걸터앉는다. 낙엽송이 들어찬 숲 사이로 대청호와 강마을이 한 폭의 그림처럼 내려다보인다. 여름의 끝자락, 가을을 재촉하는 풀벌레 울음소리와 말매미 울음소리가 숲의 고요를 흔들어댄다. 정오가 가까운 시각인데도 숲은 북향이라서 서늘하다.

"여기서 얼마나 머물렀었나? 해직 되고 바로 이곳 절로 들어왔어?"

"아니."

"그럼 언제?"

"사실은 이곳 도심정사와 인연이 된 것은 대학에 재직할 때였어. 겨울방학 때 원고를 쓰려고 불교 연수원장을 하는 이동형이한테 어디 조용한 절 방을 소개해 달라고 부탁을 했지. 그랬더니 갑사부터 여러 절을 소개했는데, 이상하게도 가려는 절마다 사정이 생겨서 결국 비구니 스님이 혼자 운영하는 암자 같은, 이 절로 오게 됐지."

"이동형이라면 중경대학의 이 교수를 말하는 건가?"

"그렇지. 그런데 이상한 것은, 와 보니까 절 뒷산의 기도터 바위가, 내가 꿈속에서 가부좌를 틀고 앉아 망망대해같이 펼쳐진 푸른 물을 내려다보던 그 바위와 같은 형상이었어. 몇 달 동안이나 같은 꿈을 계속 꾸었기 때문에 지금도 그 기억이 생생해."

"그으래?"

종헌이 호기심 어린 눈빛으로 강청을 바라본다.

"더 이상한 것은, 겨울방학이 끝나고 가져갔던 짐을 싸가지고 오려니까, 비구니 주지 수님이 다시 오시게 될 테니까 짐은 그대로 놔두고 가라는 거야. 묘한 기분이 들데. 처음 만났을 때도 평생을 기도하며 기다렸다는데 이제야 만나게 됐다고 해서, 무당 끼가 있는 사이비 중이 아닌가 싶어 좀 꺼림칙했거든. 그런데 그 다음 해 이 월에 해직이 되어 다시 이곳을 찾게 되었어."

종헌의 눈빛이 호기심을 넘어 경이에 가깝다.

"그 스님, 어떤 스님인데? 생존해 계셔?"

"나이가 많아서 열반했어. 우리보다 이십 년도 더 위거든. 절도 유복자인 딸 때문에 경매로 넘어가서 다른 스님이 운영하고 있어. 남편은 경찰이었는데 육이오 때 유복자인 딸을 남겨 놓고 전사했고. 그 후 스님은 세속을 떠나 오세암으로 들어가 수행하다가 천태종의 창시자인 구인사 상월 스님의 제자가 되었다고 했어. 처음에는 스님 말에 신뢰가 가지 않았어. 광기같이 번뜩이는 눈빛이 예사롭지 않은데다가 기도하면 하늘에서 천문이 내려온다면서 적어 놓은 글 하며…… 그 양이 엄청났어. 그걸 나더러 좀 풀이를 해달라니, 암호 같은 그걸 내가 어떻게 해석한단 말인가!"

"그으래? 일종의 방언 같은 거 아닐까?"

"방언이고 뭐고, 신도들을 현혹하는 사기극 같아서 도무지 마뜩치가 않을 뿐 더러, 거부감까지 들었어."

"충분히 그럴 만하지. 내가 어느 날 갑자기 나타나서, 평생 연구하고 있는 거라면서 문건을 들이대며 조언을 부탁했을 때, 그런 느낌은 안 들었어?"

"당신 경우하고는 좀 다르지. 당신의 연구는 그래도 논리의 체계가 있잖아."

"그런가…… 당신 같은 교수들도 제대로 이해를 못 해주는 논린데 뭐……."

"어쨌든 대단해! 경의를 표해! 경찰생활을 하면서, 승진도 마다하고 한직만 찾아 근무하면서, 가정생활도 외면하다시피하고 평생을 집념의 끈을 놓지 않는다는 건, 학자로서도 쉬운 일이 아니야!"

강청은 진심으로 종헌의 신념에 경의를 표한다. 설종헌은 강청과 고등학교 동기 동창이다. 삼 학년 때는 같은 반이었다. 종헌은 조용한 성품에 말수가 적고 항시 깊은 생각에 잠겨 있는 표정이었다. 특히 기독교 신앙에 많이 침잠해 있는 것 같았다. 그러면서도 각종 문예현상에서 수시로 상을 받아 전교생 조회 때 상장 전달식을 하는 강청에게는 특별히 관심을 보이는 것 같았다. 성적도 우수했는데 일류대학 시험에 실패하자 바로 군에 입대하여 제대한 후 경찰에 투신했다는 소식을 풍문으로 들었다. 그 후 수십 년이 흐른 어느 날 그가 찾아왔다. 종헌이 느닷없이 만나줄 수 없느냐고 전화를 한 뒤, 연구실로 찾아와서 들고 온 보따리를 풀어놓았다. 수십 년 동안 연구하고 있는 인류문명도의 체계와 인류의 모든 언어를 하나로 간단하게 표기할 수 있는 연구물이라고 했다. 그러면서, 아무리 생각해도 이 연구를 진지하게 이해하고 도움을 줄 만한 사람은 강청 이외에 더 생각나는 사람이 떠오르지 않더라고 했다.

그 연구는 도표와 선을 기본으로 해서 이루어진 문서였다. 그 문서는 종헌의 설명을 들으며 살펴보아도 이해가 쉽지 않았고, 획기적인 연구라는데 동의하기가 어려웠다. 종헌은 강청의 반응에 실망하면서 돌아간 뒤, 또 몇 년이 지난 후에 그 문서를 더 간명하게 정리해가지고 찾아왔다. 이번에는 성경에 바탕을 두고 연구를 더 심화시킨 내용이었다. 어느 정도 이해는 가면서도, 역시 그것을 인류 공용의 문자로 상용화하기에는 에스파란토어처럼 실효성에 문제가 있다는 생각이 들었다.

"인류의 문명도를 백이십 개의 선으로 정리했어. 구약에 보면 인간의 수명이 백이십 살로 되어 있는데 이번에 문명도를 완성하면서, 모든 것이 백이십 개의 선으로 일치되는 데에 깜짝 놀랐어. 하나님께 이 연구를 완성하게 해달라고 간구한 기도 덕분이 아닌가 싶어. 요즘 인간의 수명이 늘어나 백세 세대라고 하는데 인간의 품성이 완성되는 이천 년에는 백 이십 세까지 살게 될 거야. 천 년 왕국을 두 번 거쳐서 지금은 인류 인성 시대에 들어섰거든."

"인류 인성 시대?"

"응…… 처음 천 년은 아브라함 시대로 사람의 성품이 성숙되는 시기, 믿음 시대고, 다음 천 년은 다윗 시대로 소망의 시대지. 그리고 예수의 인간 재림으로 상징되는 이 천년이 넘어선 지금은 성령이 무르익은 시기, 다시 말하면 성령의 은사로 인성이 사랑으로 완성되는 시기야. 교회나 어떤 종파의 외형적인 것에 매이지 않고, 믿음이 성숙하여 영적 각성을 통해, 하나님을 닮은 인간 신성이 사랑으로 완성을 이루는 시기지."

"글쎄…… 무슨 얘긴지는 이해가 가면서도 뉴에이지 운동과 어떻게 다른지 의구심이 드네."

"뉴에이지 운동?"

종헌이 눈동자를 빛내며 강청을 정면으로 주시한다.

"알고 있겠지만, 뉴에이지 운동은 반문화적이면서 종교적인 성격을 짙게 띠고 있잖아. 뉴에이지 사상가들은…… 각기 다른 종교들은 동일한 의미를 지닌 각기 다른 표현양식에 불과하다고 믿지. 진리에 이르는 길은 다양하지만 결국 하나고, 그들에게 신이 있다면 그것은 내면적인 신이며, 자아라는 것이지. 그래서 그들은 서로 다른 각 종교로부터 필요한 만큼 흡수하여 혼합시키는 경향이 있지. 이런 맥락에서 기독교의 정체성을 위협했던 영지주의자와도 일맥상통하는 점이 있지. 이들은 절대적인 초월자에 대한 귀의보다는 내면 안에 있는 신, 각 개체에 존재하는 신을 발견하고 개발하는 사명을 강조하지. 유일신 사상을 부정하고 범신론적이며, 개인이나 작은 집단의 영적 각성을 추구하는 경향이 농후하지. 그런데 기독교 신앙에서 부정하는, 영지주의자나 뉴에이지 운동 사상가들의 생각과 자네의 생각이 어떻게 다른지 좀 헷갈리네."

"그건 아니지!"

종헌이 조금 격앙된 어조로 강하게 부정한다.

"달라! 전혀 달라! 나는 성경의 말씀을 그대로 말하는 거야. 요한복음 십장 삼십 사절에서 삼십 오절에 걸쳐서 예수님은 분명하게 말씀하고 계셔…… 예수께서 '나와 하나님은 하나이니라.'라고 말씀하시자, 유대인들이 '네가 사람이 되어 자칭 하나님이라 하느냐?'하고 돌로 치려고 하니까, 예수께서 '율법에 기록된 바 내가 너희를 신이라 하였노라 하지 아니 하였느냐? 성경은 폐하지 못하노니 하나님의 말씀을 받는 사람들은 신이라 하셨거든, 하물며 아버지께서 거룩하게 하사 세상에 보내신 자가, 나는 하나님의 아들이라 하는 것으로 너희가 어찌 참람하다 하느냐?'라고 말씀하고 계셔. 그 말씀은, 하나님께서 인간을 창조하실 때 형상뿐만 아니라 신성까지도 하나님과 똑같은 모습과 능력으로 빚으셨다는 뜻이 아닐까? 그것은 바로, 기도와 수행을 통해 성령으로 거듭 나면 하나님께서 부여한 신성을 회복한다는 것이지!"

"그것은…… 불교의 '네 안에 불성이 있으니 수행하여 깨달음을 얻으면 부처가 된다'는 가르침과 하나 다를 게 없지. 석가가 마지막에 법화경을 설할 때 제자들에게 '사람이 곧 부처다'라고 하자 오천 제자들이 모두 '이제 스승이 팔십의 나이가 되어 노망한 것이 분명하다'고 하면서 다 도망쳤지. 나중에 사리자는 돌아왔지만. 어쨌든, 잠언 사장 이십삼 절의 '무릇 지킬 만한 것보다 더욱 네 마음을 지키라. 생명이 이에서 남이라.' 하신 말씀은 곧, '일체유심조'와 일맥상통하는 것이 아니겠는가!"

"기독교와 불교는…… 좀 다르지. 강 교수, 불교의 윤회에 대해서는 어떻게 생각하나?"

"윤회? 자, 그만 올라갈까? 올라가면서 얘기하지. 이야기가 길어질 거 같으니까……."

"그러지. 자네와 앞으로 이런 시간을 많이 가졌으면 좋겠어. 고마워! 그리고…… 뜻이 통할 수 있는 자네와 같이 할 수 있는 시간을 허락해 주신 하나님께 감사하고!"

"내가 더 고맙지! 일어설까?"

강청이 먼저 자리를 털고 일어선다. 이곳부터는 좀 가파른 오르막길이다. 경사진 길이 침목으로 연결되어 있다. 도토리나무, 상수리나무, 밤나무, 갈참나무 같은 수목들이 터널을 이루고 있는 길 양편에는 산 나리꽃과 이름 모를 풀꽃들이 군데군데 피어 있다. 종헌이 이끼 낀 침목을 밟고 오르다가 침목 사이에 무성하게 자라고 있는 약초를 보고 묻는다.

"이거 봉삼 아닌가?"

"맞아, 봉삼! 이 산에는 봉삼이 지천으로 널려 있어. 청정지역이라 그런지 약효도 좋다고 해. 운지와 영지버섯도 있고, 더러 산삼도 캔다고 그래."

"약초꾼들이 많이 몰리겠군."

"그렇지도 않은 거 같아."

"왜? 사람들이 몸에 좋은 거라면 눈에 불을 켜고 찾아다니잖아…… 영생 불로초라면…… 영원히 늙지 않고 병들지 않고 죽지 않는 생명체는 없는데도 말야…… 불교에서 말하는 윤회는 바로 죽음의 반복이며, 그 윤회에서 벗어나기 위해 속세의 인연을 끊고 수도하는 게 아닌가?"

"글쎄……."

강청은 잠시 생각을 궁굴리다가 말을 잇는다.

"은거하여 수도한다는 것은 불교뿐만 아니라 기독교의 관점에서도 일종의 죽음의 준비를 의미하는 거 아닌가? 파스칼 같은 합리적인 기독교인은, 유일한 실제는 신성(神性)뿐임을 이해하게 된 순간부터 세속의 삶이 아무런 의미가 없다고 평가하지 않았어? 따라서 그 순간부터는 창조주에게 나아간 상태로 살아가야 하며, 삶이 얼마 남지 않은 사람과 같은 상황 속에서 살아야 한다고 생각했잖아. 파스칼의 『팡세』에는 이러한 생각이 자주 나타나는데 이는 '주께서 우리를 어느 순간에 부르실지, 십년 후일지, 십분 후일지 우리는 알지 못한다.'라고 한 복음서에서 비롯된 것이지. 불교 교리에서도 죽음의 준비라는 개념, 전이(轉移)라는 개념이 아주 중요한 역할을 해. 죽음 후에 옮겨감, 그것을 불교에서는 '바르도'라고 하지."

"바르도?"

"음…… 바르도……."

"윤회의 과정인가?"

종헌의 눈빛이 진지해진다.

"바르도는…… 전이, 다시 말해 중간 단계를 의미하지. 그건 여러 가지 형태로 구분이 돼. 우선 삶의 바르도, 즉 탄생과 죽음 사이의 중간 상태가 존재하지. 죽는 순간, 의식이 육체와 분리되는 순간의 바르도가 있는데, 여기에는 육체적·감각적 능력의 해체와 정신과정의 내적 해체가 존재하지."

강청은 눈앞에서 어른거리며 귀찮게 구는 하루살이를 손으로 휘저어 쫓는다.

"이때…… 이 의식의 흐름은 점점 오묘한 일련의 상태들을 인식하게 되는데, 이것이 두 번째의 분리이며 내적 분립이래. 이 상태에서 연달아 거대한 빛과 큰 행복과 완전한 의미의 자유를 경험하게 된다고 해. 짧게나마 절대의 체험을 하게 되는 것이 바로 이 순간이지. 숙련된 수행자는 이 절대의 상태에 남아 깨달음에 이를 수 있어. 그렇지 않으면 의식은 죽음과 재탄생 사이의 중간상태로 들어가게 되지. 이때 체험하게 되는 상이한 경험들은 정신의 성숙 정도에 달려 있어. 정신적 깨달음이 없는 사람에게는 지난 삶의 모든 생각, 말, 행동의 결과가 바르도의 고통스러운 측면을 야기하게 되지. 그리고 업의 바람에 휩쓸려가지. 어느 정도 정신적 깨달음을 이룬 사람만이 그 흐름을 이끌어 갈 수 있다고 해."

"수행의 힘이군."

"그렇지. 그래서 수행이 필요한 거지."

"그런데, 강 교수는 그 윤회를 믿나? 나는 윤회는 없다고 생각해. 이 세상에서의 삶은 한번뿐인 거야. 알고 보면 윤회는 유전인자로 종족 보존에 의해 계속 반복되는 것이고, 하늘나라에서의 영생만이 있을 뿐이지."

"영생? 영원하다는 것과 아주 없다는 것과는 어떤 차이가 있을까? 궁극적으로는 같은 것이 아닐까, 하는 생각이 들 때가 있어. 뫼비우스의 띠처럼. 영원 속에 순간이 있고, 순간 속에 영원이 존재하며, 그것은 무라는 카오스의 혼돈의 그릇 안에 함께 담겨 있는 것이 아닐까, 하는. 어떻게 생각하면 천상과 지상이 하나의 통로로 연결되어 있는 것 같기도 하고 말야."

"역시 강 교수는 생각이 깊군. 나는 하나님을 믿어. 자네가 파스칼 얘기를 했는데, 나는 숨 쉴 때마다 마음속으로 '하나님'을 부르며 하루하루를 보내고 있어. 어떤 논리나 주장에 앞서, 그렇게 사는 삶 자체가 행복하니까."

"그러면 된 거 아닌가. 그렇게 말하는 자네의 표정이 든든한 보험을 들어놓은 사람처럼 편안해 보여서 좋네."

"무슨……."

종헌이 멋쩍은 듯 미소를 짓는다.

정상 가까이 오를수록 경사가 더 가팔라서 이마에 땀이 흐른다. 아직 여름 끝이고 숲에 습기가 많아 열이 더 나는 것 같다. 쓰르라미는 여기저기에서 목청을 돋우어 가을을 부르고 있다. 강청은 계단이 정상으로 휘어지는 지점에서 발을 멈춘다.

"여기서 오른쪽 등성이로 넘어가야 돼. 요기, 얕은 능선을 넘어서면 바로 기도터로 갈 수 있어."

"올라오는 길이 좀 가팔라서 그렇지, 시간은 많이 걸리지 않는군."

"삼십 분이면 충분하지."

강청은 앞서서 오른쪽 능선을 오른다. 오십 미터쯤 되는 오르막이다. 잡목 사이로 낸 샛길이다. 능선에 올라서자 바로 앞에 묘지가 있고, 할미꽃들이 묘지 앞에 옹기종기 옹송그리고 앉아 끝없이 펼쳐진 대청호의 푸른 물을 굽어보고 있다.

"아, 여기서 보니까 정말 아름다운 풍광이네! 남해의 어느 아름다운 섬마을을 내려다보는 거 같아!"

종헌이 탄성을 발한다.

"그렇지? 요 안쪽 기도터 암벽 위로 올라가서 보면 더 절경이야. 아늑하고, 그윽하고…… 기가 뭉쳐 있는 곳이지."

강청은 말을 하며 무덤 왼쪽으로 나 있는 오솔길로 걸음을 옮긴다. 길은 능선을 따라 옆으로 나 있다. 돌출된 바위 사이로 난 길이라 평탄하지가 않다. 경사로를 따라 이백 미터쯤 나아가자 분지 같은 작은 골짜기가 나온다.

"저건 뭐야?"

종헌이 골짜기 한가운데, 소나무 밑에 쌓아 놓은 물건을 바라보며 묻는다. 청색 천막으로 덮어서 봉분처럼 쌓아 놓은 물건은 비바람에 삭아 쓰레기더미마냥 흉물스럽다.

"아, 저거…… 전에 토굴을 지었던 자재와 살림살이야. 철거하고 나서 오래 동안 방치해서 저 모양이지. 스님도 떠나고, 신도들도 뿔뿔이 흩어 져서 치울 사람도 없고!"

"토굴을 지었다고? 어디다가?"

"그 자리야. 절에서는 기도터를 토굴이라고 하지. 남자 신도들과 여자 신도들이 철야를 하면서 기도할 수 있는 움막을 지어놓았는데 한 때는 영 험한 기도터라고 찾는 사람들이 많았지."

"그런데 왜 이렇게 폐허가 됐어?"

"형상으로 지어진 것은 때가 되면 다 사라지는 것 아닌가…… 우리 육 신부터가…… 인연법에 따라."

"그렇다면 강 교수가 이 기도터를 다시 찾은 건, 또 다른 때가 이르렀기 때문인가?"

"글쎄…… 이제 남은 건 예쁜 마침표 찍고, 아름다운 뒷모습을 남기는 일밖에 없는 것 같기도 하고…… 이곳을 떠날 때 서원한 것도 있고."

"서원? 무슨 서원인데?"

"아까 말한…… 무애원…… 모든 종교나 종파를 초월해서 사랑과 자비 를 실천하는 인간사랑 나눔 동산의 초석을 놓겠다는…… 지금, 세상은 오 히려 종교가 없어져야 세계 평화가 올 지경으로, 종교 때문에 인간 삶이 피폐해져 가고 있지 않은가 말이야. 〈리처드 도킨스〉의 '만들어진 신'에 나 오는 〈존 레넌〉의 노랫말 알고 있어? ……상상해 보라, 종교 없는 세상을.

자살 폭파범도 없고, 911테러도 없고, 십자군도, 마녀 사냥도…… 이스라엘과 팔레스타인의 전쟁도…… 유대인을 '예수살인자'라고 박해하는 것도, 고대 석상을 폭파하는 탈레반도, 신성모독에 대한 공개처형도…… 속살을 살짝 보였다는 죄로 여성에게 채찍질을 가하는 행위도 없다는 그런 가산데…… 〈로버트 퍼시그〉의 '누군가 망상에 시달리면 정신 이상자라고 한다. 다수가 망상에 시달리면 종교라고 한다.'는 말과 함께 '모든 악의 근원은 역설적이게도 종교일지도 모른다'는 메시지가 강하게 풍기는 노랫말이지. 만들어진 신을 보지 말고 네 안의 신을 보라!고 외치는 고함소리 같기도 하고!"

"만들어진 신을 보지 말고, 네 안의 신을 보라고? 맞는 말이지! 앞서도 얘기했지만, 이천 년 이후의 세계는 성령으로 인간품성이 완성되는 시대야. 에덴동산에 있을 때의 완전한 성품으로! 이천 년 이전은 미완성의 시대고 악령의 시대야. 처음 천 년은 아브라함 시대, 믿음 시대고, 이후 천 년은 다윗 시대, 소망 시대야. 그리고 이천 년 이후는 사랑이 완성되는 시대야. 서기 이천 년에 세상이 예수 재림과 휴거로 혼란스러웠고, 예수 재림을 굳게 믿고 지상의 모든 삶까지 포기했던 사람들은 공황에 빠지기도 했는데, 예수 재림은 형상으로 오는 것이 아니고 성령으로 오는 것을 말함이야. 예수 재림은 성령을 보낸다는 의미야. 성경에도 성령을 보낸다는 말씀이 있어. 그 성령으로 믿음과 소망의 시대를 거쳐서 사랑이 완성되는 거야. '하나님은 사랑이시라,'는 말씀은 곧 인간 안에 충만해 있던 하나님의 실체, 곧 사랑이 완성됨으로 해서 인류인 중심의 천 년 왕국이 펼쳐진다는 의미야. 나는 그렇게 믿어. 강 교수가 뜻을 두고 있는 무애원도 그, 인간 삶의 완성인 사랑의 실천에 기초하는 것이 아닌가? 그렇지 않은가?"

닦달하듯 하는 종헌의 격앙된 말투에 강청은 저도 모르게 입가에 미소가 번진다.

"왜 아니겠는가? 자네는 기독교와 불교는 좀 다르다고 했지만…… 불교에서 말하는 미륵부처가 지상에 와서 천 년 왕국을 펼친다는 믿음 역시, 자네가 말하는 예수 재림과 다르지 않다고 생각하네. 깨달으면 부처가 된다는 의미나, 성령을 받아 사랑으로 완성되면 바로 신, 하나님이 부여한 신성을 회복한다는 의미는 다를 것이 없다고 봐. 그렇지. 이름만 다를 뿐, 진리는 하나야. 창조주도 다를 수가 없어. 석가가 천상천하 유아독존, 나 홀로 높다고 자신의 존재를 말한 것은, 모세가 호렙산에 들어가 십계명을 받고 하나님께 누구라고 말하리까, 라고 묻자, '나는 그냥 나이로다' 응답한 것과 그 근본의 의미는 같다고 생각해. 또한 '나는 진리요, 빛이요, 생명이니, 진리가 너희를 자유케 하리라'는 그 말씀은 곧, 깨달음이…… 형상으로 빚어진 모든 것, 육신의 구속에서 벗어나게 할 것이라는 해탈의 의미와 하나 다를 게 없다고 봐. 구원은……."

강청은 턱이 진 바위를 내려서려고 말을 멈춘다.

"구원의 근본은…… 결국은, 자신을 자신이 구원하는 것이야. 자기를 구원하는 것은 자기 자신이야. 요한 1서에도 '네 믿음이 너를 구원하였다. 이제 일어나서 가라.'는 말씀이 있지? 어디서 무엇을 찾아 헤매고 있느냐, 길은 네 안에 있다, 우리가 너와 함께 그 길로 가리라,라고, 부처도 예수도 같은 음성으로, 석가는 예수보다 오백 년 전에 이 세상에 와서, 예수는 그 후에 와서 인간들에게 외쳤고, 지금도 외치고 있는 거라고, 나는 그렇게 믿어."

"그렇지. 믿음이 완성되어야 할 곳은 자기 자신이지. 성령이 거하실 곳도……."

"다 왔네. 이 쪽이야."

강청은 걸음을 멈추고 오른손을 들어 골짜기 위쪽을 가리킨다. 팔부 능선의 정상 쪽은 용암이 흘러내려 암벽을 이루고 있다. 마치 거대한 비석을 옆으로 뉘어놓은 것 같다.

강청은 암벽 아래쪽을 향해 걸음을 옮긴다. 크고 작은 바위가 돌출된 조붓한 외길을 따라 암벽 앞에 이른다. 강청은 암벽 앞에서 평소에 하던 대로 동서남북 사방을 향해 합장 배례를 한다. 어떤 종교의식에서가 아니라 자연에 대한 경배다. 종헌은 강청이 합장 배례를 하는 동안 수목 사이로 내려다보이는 대청호를 향해 심호흡을 한다.

"아, 공기도 좋고…… 정말 아름다워……."

"위 기도터가 더 좋아. 올라갈까?"

강청은 종헌의 대답을 기다릴 것도 없이 정상을 향해 발걸음을 옮긴다. 종헌이 기도터에 올라오자 사방을 둘러보며 경탄한다.

"아, 정말! 절경이네, 절경! 그리고 이 암벽, 마애불을 모셔 놓은 천연의 법당 같네. 저 암벽 한 가운데 돌출된 바위는 설마 사람이 올려놓은 건 아니겠지?"

"저 거대한 바위를 누가, 어떻게 올려놓겠나! 내가 봐도 신기해. 그야말로 하늘에서 내려뜨린 천연의 좌선대야!"

"저기 앉아서 기도를 하나?"

"스님이 나만 올라가 기도를 하게 했지. 때가 이르면 천상의 기운을 받아 천상의 뜻을 펼칠 사람이라고 하면서…… 고통의 세월이었지만, 세속의 일상에서는 경험할 수 없는 체험도 많이 했지. 요귀에게 홀린 게 아닌가 하고 자문할 정도로! 자네 귀신을, 도깨비를 믿나? 성경에도 귀신 얘기는 많이 나오기는 하지만……."

"왜? 무슨 일이 있었나?'

강청은 주저하다가 입을 연다.

"해직 당하고 여러 곳을 떠돌다가, 스님 말대로 다시 이곳을 찾아와, 요사채에서 생활하기 시작한 날이었어. 첫날 잠을 자는데, 한밤중에 갑자기 키가 구척같이 크고 험상궂게 생긴 세 놈이 방문을 열고 들이닥치더니 다짜고짜 나를 목을 조르고 방바닥에 메다 부치고 하며, 여기가 어딘 줄 알고 함부로 겁도 없이 들어왔느냐고 으름장을 놓는 거야! 그런 걸 가위눌린다고 하던가. 숨이 막혀 이제 죽는구나 하고 발버둥 치다가 보면 다시 숨이 돌아오고…… 밤새 고통을 겪다가 깨니까 먼동이 트는 새벽이었어. 몸은 온통 땀으로 뒤범벅이 되어 있고. 그런 일이 사흘 밤이나 계속됐어. 마지막 날 밤에는 세 놈이 나를 방바닥에 메다 부치고 나서 '에이, 이 놈은 안 되겠네. 그냥 가지!'하면서 사라지더라고! 꿈이라고 하기에는 지금도 생시같이 생생해!"

"강 교수, 그러다 정말 사이비 교주가 되는 거 아냐? 여기다 기도터를 복원하는 것도 그렇고……."

"사이비 교주? 그럴 생각도 없고, 그럴 능력도 안 되지만 무슨 그런 망상을…… 법집(法執)과 자집(自執)에 갇히면 사도(邪度)에 빠지지만, 모든 걸 내려놓고 본향(本鄕)으로 돌아가려는데 무엇 하러 짐을 무겁게 지겠는가?"

"법집? 자집?"

"불가에서 법, 진리에 집착하는 것을 법집이라고 하고, 자신이 깨달은 것, 견성에 집착하는 것을 자집이라고 하지. 얻었으면 불법이고 깨달음이고 다 버리고 벗어나서 자유로워지라는 거야. 깨달음을 얻기도 어렵지만 그 깨달음을 버리는 것이 더 어렵다고 해. 성경에서도, 마태복음이지 아마, 진정한 사랑의 완성과 구원은 율법을 넘어서야 한다고 가르치고 있지 않은가?"

"그렇지. 율법을 넘어선 사랑의 실행이지…… 그 실행을 여기서 행하겠다는 건가?"

"그렇게 거창하게 말할 것은 못 되고…… 고난 중에 살아난 것에 대한 감사이고, 그 감사의 초심을 잃지 말고 남은 생을 흔들려도 아름답게 흔들리다가 예쁜 마침표 하나 찍고 가자는 것이지. 그리고 욕심이 있다면…… 삶의 막다른 골목에 내몰린 사람들이 이곳에서 재기했던 것처럼, 누구고 세상의 환란에 상처받고 방황하는 사람들이 기도하며 참 자기를 발견하는 터전이 되었으면 하는 바람이지……."

"여기서 기도하고 많은 사람들이 희망의 불씨를 지펴 갔단 말인가?"

"그랬지…… 여러 사람들이……."

강청은 눈 아래 숲 사이로 대청호를 내려다보며 잠시 감회에 젖는다. 사업에 실패하고 자살하려던 사람, 불치의 병에 걸린 사람, 가족들한테까지도 배척당하고 버림받아 노숙 생활로 전전하던 사람…… 참으로 많은 사람들이 갖가지 아픔과 사연을 가슴에 안고 이곳을 찾아와 절실하게 마지막 희망의 문을 두드렸다. 강청도 그 많은 사연을 가졌던 사람들 중 한 사람이었고, 그들처럼 가까스로 고난의 터널을 빠져나왔기 때문에 감회에 젖는 것인지도 모른다.

문득, 지난번에 발표한 장편소설 『잃은 사람들의 만찬』의 편지글이 떠오른다. 강청이 이곳에 머무를 때의 상황과 심경이 그대로 토로되어 있는 서신이다.

일모, 나도 이제 성자가 되려나 보네.

일모, 대원사 계곡의 자목련은 아직 붉은 자태를 흩트리지 않고 있는가?

이곳 도심정사의 산 벚꽃은 지는 목숨이듯, 푸른 대청호를 향해 하염없이 꽃잎을 날리고 있네.

지금 나는 산방의 툇마루에 앉아, 바람이 불 때마다 흩날리는 산 벚꽃을 바라보며, 곡차 한 잔 들이키고 낄낄거리고, 또 한잔 들이켜고 킬킬거리고…… 등신처럼 웃음을 흘리고 있네. 아니, 성자처럼.

일모, 나도 이제 정말 성자가 되려나 보네.

마누라가 손톱 세우고, 세상을 왜 그렇게 숙맥같이 살았냐고, 가난한 형제한테 마누라 몰래 다 털어주고 코 빠치고 앉아 있는 꼴 참 볼만 하다고, 가짜 예수꾼들한테 그렇게 당하고도 아직도 사랑타령 용서타령이냐고, 이 세상 믿을 놈 하나 없는데, 마음의 백지 수표 남발하고, 서산에 해는 지는데, 인생의 부도는 어떻게 막을 거냐고⋯⋯ 닦달하던 마누라를 생각하며 골빈 놈처럼 실실 웃음이 터져 나오는 나는⋯⋯ 성자가 되어가고 있는 것인가, 미쳐가고 있는 것인가?

생일날 아침에 찬밥을 얻어먹으면서도, 자동차세가 연체되어 구청 직원이 내 고물 자동차의 번호판을 떼어가는 것을 보고 깔깔대는 마누라를 대하면서도, 집에 경매가 들어오자 눈이 뒤집힌 마누라가 대문 밖에서 '이 자식, 이리 나오라'고 고래고래 소리를 지를 때도, 이렇게 마음이 흔들리지는 않았는데, 지금 내가 왜 이러는지 모르겠네.

일모!

얼마 전에 여주 법원에 다녀왔네. 누이동생의 집이 경매로 넘어가고 남은, 배당금의 분배 때문이었네. 나는 그동안, 마누라와 상의하지 않고 누이동생의 빚보증을 서준 것 때문에, 말할 수 없는 고초를 겪었네. 부끄럽지만, 자네에게 그 얘기를 안 할 수 없네. 그래야 자네가 내 심경을 헤아릴 수 있을 테니까.

진부하겠지만, 우선 우리 형제들이 성장해온 과정부터 얘기해야겠네. 자네도 어려운 환경 속에서 자랐지만, 나 역시 곤궁한 집안에서 3남 1녀 중 장남으로 태어났네. 손위로 누이 둘과 바로 밑으로 누이동생이 하나 더 있었는데, 모두 세 살을 넘기지 못하고 황천길을 되짚어 갔네. 아마 어머니가 막내를 낳다가 산후 조리가 잘못 되어 불임이 되지 않았다면, 우리 아버지는 더 많은 형제들을 양산했을 것이네. 그 시절은 모두 가난하면서도 아이들을 생산하는 일에 일로매진했던 시대였고, 피임기술도 엉성한 때이기는 했네만, 기골이 장대한 우리 아버지의 정력은 타의 추종을 불허하여, 우리 어머니는 허기져 걸신이 들린 옹녀들을 감시하느라고, 국가대표 골키퍼보다도 더 긴장하며 사셔야 했네. 인물 좋겠다, 정력 좋고 한량이겠다, 거기다 재력까지 갖췄다면, 아마 모르기는 몰라도, 우리 형제들은 구구단을 외우는 것보다 형제들의 이름을 외우는 것을 더 힘들어했을 것이네. 그런데 다행인지 불행인지, 아버지의 경제 능력은 영 젬병이셨네. 목수 일을 배워서 남의 집을 지어 주고 근근이 목구멍에 풀칠을 하면서도, 국악에 빠져 굿거리장단에 혼을 뺏기거나 육자배기를 흥얼거리며 신선 흉내 내기를 좋아하는 아버지에게서, 허연 쌀밥이나 고깃국을 배불리 먹기를 기대한다는 건 애시 당초, 망상이고 헛된 꿈이었네. 하긴 아버지가 투전판에서 운수가 좋아 대박이 나는 날은, 허연 쌀밥에 고깃국에 용돈도 받는, 꿈같은 날이 더러 있기는 있었네. 나중에 그 기쁨의 대가를 아주 혹독하게 치러야하기는 했지만 말이네. 그러니 등 붙이고 누울 누옥인들 있었겠나. 우리 여섯 식구는 셋집을 전전해야 했네. 단칸 셋방을 면하게 된 것은 내가 중학교 이 학년 때였네. 그때 산비탈 빈민촌의 세 칸짜리 전셋집을 얻어 가게 되었는데, 나와 동생들은 큰 성을 함락하고 입성하는 점령군처럼, 의기양양해하며, 가슴을 설렜네.

그 형편에 학교를 다닌다는 건 사치였네. 그런데 우리 형제들은 어머니의 피눈물 나는 고생 덕에 학교를 다니게 되었네. 어머니의 목표는 어떻게든지 자식들을 고등학교까지 졸업시켜서 제 앞가림은 하게 만든다는 거였네. 그게 쉬운 일인가. 초등학교에 다니는 형제들은 사친회비를 제 날짜에 못 내, 월례 행사를 치르듯 울면서 집으로 쫓겨 오곤 했네. 그 와중에서도 어머니는 내 수업료만큼은, 큰 것이 기 죽는다고, 어떻게든 제 날짜에 맞춰 주려고 하셨네. 나는 동생들에게 참으로 미안하였네. 동생들이 안쓰러워 견딜 수 없었네. 게다가 누이동생은 초등학교를 마치고 학업을 포기해야 했네.

마침내 나는 고등학교 일 학년 중간고사 때 백지를 내고, 학교에 가지 않았네. 그때 내가 생각하는 학교는 동생들을 희생시켜가면서까지 꼭 다녀야 할 곳이 아니었네. 그냥 어딘가로 훌쩍 떠나고 싶을 뿐이었네. 그런데 장남이라는 의무감이 나를 옥죄고 들었네. 하급 공무원이라도 되어서 식구들의 숨통을 틔워줘야 한다는 생각이 나를 다시 학교에 나가게 만들었네. 왜냐하면 당시에 5급 공무원(지금의 9급) 시험이라도 보려면 고등학교 학력이 필수였기 때문이네. 만약, 장학 혜택으로 대학 입학의 길이 열리지 않았다면, 애초에 마음먹었던 그 길로 들어섰을 것이네. 대학에 입학하고 나서, 생활의 뒷다리에 살이 오를 때까지 문학과 결별하자고 다부지게 마음먹은 것도, 그런저런 이유 때문이었네.

과거사가 너무 장황했네. 이제 누이동생 얘기를 해야겠네.

누이동생은 여자로 태어났다는 이유만으로, 출생 때부터 아버지의 사랑을 받지 못했네. 아버지의 아들에 대한 욕심과 편애는 심하셨네. 원 볼에 스트라이크가 셋이면 게임 내용이 훌륭한 편인데도, 아버지는 항상 원 볼에 불만이셨네. 아버지는 누이동생이 성장하는 동안 한 번도 당신의 무릎 위에 누이동생을 앉히지 않으셨네. 게다가 어머니마저, 누이동생은 언제나 후순위로 생각하셨네. 밥을 풀 때도 아들들은 쌀이 섞인 밥을. 누이동생은 꽁보리밥을. 생선을 먹을 때도 아들들은 몸통이나 꼬리 부분을. 딸은 머리만. 그런 식이었네. 언젠가 한번은 아버지가 동태를 사 가지고 오셔서 모처럼 식구들이 생선 비린내를 맡게 되었네. 그날도 역시 어머니가 누이동생에게는 국물이 조금 담긴 양재기에 머리만 하나 달랑 넣어 주었네. 그런데 그날은 누이동생이 다른 때와 달리, 수저를 들지 않고 눈물을 줄줄 흘리며 국그릇을 바라보고만 있었네. 내가 누이동생의 속내를 알고, 얼른 누이동생의 국그릇에 내 몫의 생선 토막을 넣어주자, 어머니가 누이동생의 머리통을 쥐어박으며 '지지배가 주는 대로 처먹지 무슨 타박이냐'고 불호령을 내리셨네. 누이동생은 마침내 참고 있던 울음을 터뜨렸네. 어머니에게 등짝을 두들겨 맞으면서도 서럽게, 서럽게 흐느꼈네. 나는 알고 있네. 누이동생의 그 서러운 흐느낌은, 생선의 몸통을 못 먹어서가 아니라, 응어리진 한의 피울음이었다는 것을. 누이동생은 그렇게 열등감 속에서 성장하며 자신을 인정받고 싶어 했네.

이런 일도 있었네. 누이동생이 초등학교 삼사 학년 때쯤이었을 거네. 내가 고등학교 시절이었으니까. 동네 놀이터에서 일어난 일이었네. 가을 밤이었네.

그 시절 우리는 일제 강점기 때 이층으로 지은 판잣집의 일 층에서 여러 세대와 함께 세 들어 살고 있었는데, 이 층을 국악원으로 사용하고 있어서, 장고소리와 북소리가 끊이지를 않았네. 춤을 추는 시간에는, 일 층 천정이 곧 이층 마룻바닥이어서, 말을 달리는 듯한 울림이 고스란히 밑으로 쏟아져 내려왔네. 그 난리 통 속에서 책을 붙잡고 앉아 있어봤자 머릿속에 무엇이 들어오겠나. 그날도 나는 골방에 쭈그리고 앉아 책을 붙들고 있다가 신경질을 부리며 자리를 박차고 밖으로 뛰쳐나왔네. 밖은 교교한 달빛이 대책 없이 쏟아져 내리고 있었네. 바람도 삽상하게 불고. 나는 울적한 심사를 달래려고 집 근처에 있는 놀이터로 발길을 향했네. 놀이터라고 해야 고장 난 시소와 미끄럼틀과 그네가 놀이기구의 전부였는데, 그래도 넓은 공터에 키 큰 나무들이 넉넉하게 그늘을 내주고 있어, 동네 사람들이 많이 모이는 곳이었네.

그날도 놀이터에는 사람들이 많이 나와 있었네. 여기 저기 나무 밑에 앉아 있는 사람들도 있었지만, 아이들이 그네를 뛰고 있는 곳에 사람들이 몰려 있었네. 세 아이가 그네를 뛰고 있었는데, 그 중 한 아이의 그네 뛰는 솜씨에 사람들은 탄성을 지르면서 구경을 하고 있었네. 그 그네를 뛰고 있는 여자아이는, 쇠줄로 된 그넷줄이 휘어질 정도로 높이 오르며, 아슬아슬한 묘기를 보여 주고 있었네. 여자아이가 그넷줄이 접혀서 곤두박질쳐서 내려올 때는 곧 땅바닥에 내팽개쳐질 것만 같았네. 구경하고 있던 어른들이, "안 돼, 안 돼, 그만 해! 그만 해!" 하고 소리치는데도 그 여자아이는 아랑곳하지 않고 신들린 것처럼 그네뛰기에 몰입하고 있었네.

나도 그 광경을 가슴을 졸이고 바라보면서 다가갔네. 아, 가까이 다가가서 보니까, 그 그네를 뛰고 있는 아이는 바로, 내 누이동생이었네. 나는 위험하다고 정신없이 소리쳤네. 누이동생이 나를 알아보고 싱긋 웃더니, 더 높이, 높이 오르는 것이었네. 그렇게 몇 번을 더 오르내렸을까, 누이동생이 그넷줄에 거꾸로 매달려 땅바닥으로 곤두박질치는가 싶더니 퍽, 하는 소리가 났네. 사람들의 비명소리도 들렸네. 나는 정신이 아득한 상태에서 쓰러져 있는 누이동생에게 달려갔네. 엎어진 누이동생을 잡아 일으켜서 보니까, 누이동생은 허옇게 눈을 뒤집어 뜨고 미동도 하지 않았네. 몰려온 사람들이, 큰일 났다고 어서 병원으로 데리고 가라고, 외치는 소리가 아득히 멀게 들렸네. 내가 누이동생을 부둥켜안은 채 허둥대고 있는데, 누이동생의 눈동자가 제 자리로 돌아왔네. 그리고 누이동생은 혼절한 상태에서 깨어나서, 언제 그랬냐는 듯이, 자리를 털고 일어났네. 그러면서 걱정스럽게 바라보는 나에게, "오빠, 나 잘했지?" 하고 씩 웃었네. 아, 그때의 그 참담했던 심경을 자네, 이해할 수 있겠는가!

누이동생의 삶의 추락은 바로 그날의 그네뛰기와 같은 것이었네. 어떻게든지 주위 사람들의 환호 속에서 인정받고 싶은, 누구보다도 어머니와 나에게 성공을 인정받고 싶은…….

누이동생은 가정형편이 어려워서 중학교에 진학할 수 없게 되자, 어린 나이에 낮에는 봉제공장에서 일하고 밤에는 어머니와 함께 상인들이 쓰는 봉투를 만드는 일을 하며, 억척으로 돈을 모았네. 그렇게 돈을 모아 중학교 입시에 합격하여 진학하였네. 고등학교도 거의 자력으로 마쳤네.

누이동생은 고등학교를 졸업하고 서울로 상경하여 중소기업에 사무직으로 취직을 하였네. 그리고 결혼하여 서울에서 둥지를 틀고 눌러앉았고.

누이동생의 추락은 서울에서 결혼생활을 시작하면서부터였네. 아니, 매제를 알고부터였네. 매제는 누이동생이 회사에 근무할 때 사장의 소개로 알게 된 사람이네. 누이동생은 사장의 신임을 받아 비서실에서 근무하게 되었는데, 사장이 매제를 소개시킨 것이네. 누이동생이 돈이 많은 사장이라고 가족들에게 소개한 매제는 누이동생보다 열두 살이나 나이가 많았네. 아이가 하나 딸린 상처한 홀아비였고.

아버지는 물론, 나도 누이동생의 결혼을 반대하였네. 그러나 누이동생은 누구보다도 내가 자기를 이해해줘야 한다고 하면서, 절대로 나와 어머니를 실망시키지 않고 성공하겠으니, 결혼을 승낙해 달라고 했네.

나는 그때 가슴이 저려 왔네. 누이동생이 한 맺힌 가난 때문에, 내키지 않는 결혼을 돈을 보고 하는구나, 하는 자탄과 함께 아픈 기억이 아린 가슴을 더 저리게 했네.

언젠가 아내가, 어머니의 이불장에서 낡은 인디언 담요를 발견하고 나더러, 제발 그것 좀 내다버리게 하라고 신경질을 부렸네. 그래서 내가 그 담요를 찾아서 살펴보니까, 낡고 염색이 바래서 흉물스러웠네. 나는 어머니에게 새 모포를 사드리고, 그 낡은 담요를 내다버리라고 말씀드렸네. 그러니까 어머니가, "깔고 덮을 게 많은디 뭣 하러 이걸 사와…… 이건 쓰덜 않는 거여. 그냥 두고 보기만 하는 거여. 너두 알다시피 우리가 얼매나 어려웠냐…… 한겨울에 방바닥에 깔고 잘 요가 없어서, 정애와 내가 회포대

종이를 깔고 자다가 어렵게 이걸 마련한 거여. 이 담요를 깔고 자는 날, 정애와 나는 얼마나 기쁘고 행복했넌지 모른다……." 하고 눈물까지 내비쳐 보이셨네.

나는 어머니의 그 말을 들으면서 언젠가 우연히 누이동생의 자기소개서 초본을 본 일이 떠올랐네. 누이동생의 자취방에서 책갈피에 끼워져 있던 것을 보게 된 거네. 누이동생이 부엌에서 음식을 만드는 동안 책상에 앉아 책꽂이에 꽂혀 있는 책을 빼보다가 발견하게 되었네. 그 소개서 내용 가운데 나에 대한 부분이 있었네. 큰오빠에게만 향한 부모님의 편애 때문에, 자신은 여자라는 이유로, 소외당하여 정상적으로 성장할 수 없었고, 그래서 내심 큰오빠를 많이 미워했다는 심경의 토로였네. 그 글을 읽고 오래 동안 가슴이 아려왔네.

그런 기억들이 떠오르면서 누이동생의 그 자기소개서는 두고두고 더 가슴을 아프게 했네. 누이동생이 사업이 기울어져 재기하겠다고 보증을 서 달라고 했을 때, 아내와 상의하지 않고 보증을 서준 것도 다소는 그런 속죄의 마음이 작용한 탓이었다고나 할까. 그러나 그 일로 해서 가정은 풍비박산이 나고, 아내는 나에게 등을 돌렸지. 형제들과도 돌아올 수 없는 불화의 다리를 건넜고.

아무튼 누이동생의 서울에서의 결혼생활은 그렇게 시작되었네. 나중에 알고 보니까 매제는 사장이 아니었네. 사장은 사장인데, 기업체의 사장이 아니라, 시쳇말로 강남에서 물장사를 하는 어깨 사장이었네. 누이가 다니던 회사의 진짜 사장은 매제가 경영하는 룸살롱의 고객이었고. 환장할 노릇이었네. 그러나 어쩌겠나. 엎질러진 물인 걸.

초록은 동색이라고 했던가. 누이동생은 남편과 그런 사업을 하면서 사람이 달라지기 시작했네. 억척스러웠으나 선량했던 누이동생은 강남에서 알아주는 마담뚜로 변신하기 시작했네. 돈을 물 쓰듯 했고, 사치가 심했네. 양평에 고급 별장도 사고. 그뿐인가. 더러는 생활이 어려운 남동생들을 도와주고, 어머니의 입에서 평생 이런 호강은 처음 한다는 말씀이 나올 정도로 어머니를 기쁘게 해드렸네. 친척들의 눈에는 그런 누이가 대단하게 성공한 신데렐라로 비쳤고, 누이동생의 고향 친구들도 누이동생을 선망의 시선으로 바라보았네. 그러나 나와 마누라는 그런 누이동생의 생활을 마뜩찮게 생각했네. 특히 마누라가 질색을 했네. 나는, 누이동생이 어린 시절 그네를 뛸 때처럼 위험한 곡예를 하는 것 같아서, 우려의 눈으로 지켜보면서도, 누이동생을 위해 해줄 수 있는 것이 아무것도 없었네. 형제들이 나에게 기대했던 것과는 달리, 형제들에게 제대로 해준 것이 아무것도 없는 주제에 무슨 할 말이 많았겠는가. 더욱이 내가 실직을 하고 고통 속에서 신음할 때는 뭐라고 더 할 말이 없었지.

아니나 다를까. 누이동생은 추락하기 시작했네. 위험한 곡예를 시도한 높이만큼.

매제는 원래 큰 재력이 없는 사람이었네. 계모 밑에서 성장하면서 간신히 고등학교를 마치고, 험한 일을 하다가, 그 길에 눈을 뜬 사람이었네. 남의 건물을 임대하여 장사를 하면서 사업을 확장해 나갔는데, 검찰과 경찰에 뜯기는 것이 너무 많았다고 하네. 상납이 시원치 않으면 유치장을 제 집 안방 드나들듯 해야 하고…… 나는 그런 사실들을 누이가 사업이 엉망이 된 후, 뒤늦게 실토해서 알게 되었네.

그건 그렇고, 내가 누이동생의 보증을 세게 된 경위를 말해야겠네. 그게 핵심이니까.

누이동생은 사업을 확장한다면서, 또는 돈을 늘려준다면서, 친척들이나 친구들로부터 고이자로 많은 돈을 차용해 갔네. 사람들은 누이동생의 말을 의심하지 않았네. 왜냐하면 강남의 사업장을 둘러보았고, 양평의 고급 별장이 버젓이 누이동생 앞으로 등기가 되어 있었기 때문이었네. 나역시도, 누이동생의 말대로 IMF의 영향으로 잠시 돈줄이 막혀 숨통을 트느라고 빚을 얻어 쓰는 줄로만 알았네. 나는 누이동생을 의심하기보다 높은 이자를 받아 날름날름 챙기는 친척들이 야속하고 밉기까지 했네. 그러면서 나는, 누이동생이 그네에서 떨어져 혼절하였다가 깨어나 "오빠, 나 잘했지?" 하고 벌떡 일어났던 것처럼, 위기를 넘길 것이라고 믿었네. 그래서 어머니가 누이동생이 애를 태우면서 동분서주하는 것을 안쓰러워하며 "누가 육칠 천 만원만 융통해 주어도 금방 일이 풀린다는데……." 하고 속을 썩이시는 것을 보고, 또 진정으로 누이동생을 도와주고 싶은 마음에서, 아내와 상의하지 않고 집을 담보로 하여 농협에서 6천만 원을 대출받아 누이동생에게 빌려 주었네. 바로 돌려준다기에.

그 후에도 나는 누이동생에게 돈을 더 빌려주었네. 어디서 그런 돈이 생겼느냐고? 그때는 대학입시에서 논술이 당락을 좌우하는 시기여서 과외가 성행하였네. 내가 산속에 파묻혀 경제적인 고통에서 신음하는 것을 보다 못한 후배들의 주선으로, 나는 둔산동에다 작은 사무실을 얻어 논술학원을 차렸네. 학원은 의외로 잘되었네. 토요일과 일요일만 수강생을 한정해서 받았는데도, 소문이 나서, 수강을 하려는 학생들의 경쟁률이 명문대학 입시보다 치열할 정도였네.

나는 대학입시에서 논술이 성행하던 그 몇 년 동안 짭짤하게 돈을 모았네. 나는 그 돈으로 가장 먼저 비만 오면 지붕이 줄줄 새는 헌집을 헐고 일층 슬래브 집을 신축하였네. 식구들이 그렇게 좋아할 수가 없었네. 나의 뜻하지 않은 해직으로 고통 받고 있던 식구들이 기뻐하는 것을 보고, 나도 덩달아 덩실덩실 춤이라도 추고 싶은 심정이었네.

그러나 내가 그러한 행복을 누릴 수 있는 시간은 길지 않았네. 논술이 사양길로 곤두박질쳤을 뿐만 아니라, 사무실 주인이 임대 기간을 더 이상 연장해 주지 않았고, 나 자신도 이쯤해서 내 본령의 세계로 돌아가야 한다고 결심을 세웠기 때문일세.

나는 사무실 전세금과 누이에게 빌려 주고 남은 돈으로, 일층 슬래브 위에 넓은 거실이 있는 방 두 칸짜리 서재를 증축하기로 하였네. 방 한 칸은 내가 집필실로 쓰고. 한 칸은 둘째 애의 쾌적한 공부방을 만들어 주기 위해서였네. 이제 생활의 뒷다리에 살이 좀 올랐으니, 해직 교수들과 법정 투쟁을 하면서, 본격적으로 소설에 매달려 볼 심산이었네.

그런데 증축을 하다 보니 예상보다 건축비가 많이 추가되었네. 업자를 잘못 만나 속도 무던히 썩혔지만, 업자의 말을 듣고 자재 하나를 더 나은 것으로 쓰면 그 다음 것이 눈에 차지 않고…… 집짓는다는 것이 그렇게 요지경 속이었네. 나는 모자란 건축비를 끌어대다가 힘이 닿지 않아, 누이동생이 어려운 줄 알면서도, 차용해준 돈 가운데 일부를 돌려달라고 했네. 누이동생은 난색을 표했네. 사실 누이동생은 은행에서 대출해서 빌려준 은행이자도 제 때 갚지 않아, 내가 출강해서 받는 강사료로 어렵게 땜질을 하고 있는 상황이었거든.

공사 마무리를 못 해서 그렇게 애를 태우고 있는 어느 날이었네. 어머니가 누이동생의 제안이라면서, 내가 보증을 서주면 누이동생의 친구 남편이 3천만 원을 빌려준다고 하니, 그렇게만 해주면 천만 원은 나에게 주어 공사 마무리를 하게 하고, 나머지 2천만 원은 누이동생이 급한 불을 끄고 사업을 곧 원상으로 되돌려놓는다고 하니, 생각해 보라고 하셨네. 나는 믿기지 않으면서도 절박한 상황에서, 아무려면 아버지처럼 생각하는 오라버니를 더 힘들게 하겠느냐는 누이동생의 말만 믿고, 차용증에 도장을 찍어 주었네. 그것도 돈을 빌려주는 사람의 얼굴도 모른 채, 누이동생이 내미는 백지수표나 다름없는 차용증에 도장을 눌러주었네. 차용증에는 금액과 이자율이 명기되지 않아서 내가 금액과 이자율을 명기하자고 하였더니, 누이동생이 이자는 협상하기로 하였고, 금액도 3천만 원까지 빌려주기가 어렵다고 하니까, 사정하면서 기록할 테니 자기를 믿어달라고 하였네. 내가 계속 찜찜해 하면서 망설이자 누이동생이, 오라버니가 저를 그렇게 불신하는지 정말 몰랐다고 노골적으로 서운함을 표명했네. 그래서 찍어 주었네. 아, 세상 물정을 모르는 나의 실수였네! 아니, 누이동생의 삶이 그렇게 바닥까지 추락해 있을 줄을 상상조차 못한 거지! 나중에 곤경을 치르면서 알게 되었지만, 누이동생은 연 36%의 고율에다 이자가 연체되면 누적 이자까지 적용하는 조건으로 5천만 원을 빌려 쓴 것이네. 그나마 다행인 것이, 이자 발생의 한도 기간을 이 년으로 하여 원금과 나머지 연체 이자가 7천만 원을 넘지 않은 것이었네.

사건은 그것으로 끝나지 않았네. 누이동생은 어느 날 나더러 양평 별장을 가등기를 해주겠다고 했네. 빚쟁이들의 압류가 들어오기 시작하는데, 그냥 지켜보고만 있다가는 내가 빌려준 돈을 한 푼도 건질 수 없으니, 그렇게 하라는 것이었네. 그래서 누이동생에게 빌려준 액수만큼의 금액으로 가등기를 했네. 그러고 나서 얼마 후, 누이동생은 제일 금융권에 담보되어 있는 양평 별장을 이자가 비싼 제이금융권으로 옮겨, 대출을 더 받아서 반씩 나누어 쓰자고 하였네. 이번에도 곤경에 처한 나는 누이동생의 제안에 따를 수밖에 없었네. 누이동생은 제이금융권의 영업사원에게 거액의 사례비를 주기로 하고, 감정가를 높여 일억 원을 더 대출을 받으면서, 나에게 가등기권자의 연대보증이 필요하다면서, 또 보증을 서게 하였네.

누이동생은 대출을 받고 나서 약속을 지키지 않았네. 상황이 어렵게 되었다면서 삼백 만원만 내 손에 쥐어주었네. 나는 이해가 되지 않았네. 그 대출받은 돈은 물론이고, 그동안 많은 사람들한테 빌린 거액을 어디다 어떻게 탕진했는지 이해가 되지 않았네. 누이동생의 실토로 알게 되었지만, 누이동생은 언 발에 오줌 누기 식으로, 이 사람한테 높은 이자를 얻어다가 저 사람의 이자를 갚고, 또 저 사람에게 더 높은 이자를 주고 돈을 얻어다가 이 사람의 이자를 갚고, 앞에서 얘기했지만, 불법 영업을 하다가 구치소에 들어가면 변호사 비용과 검찰의 로비 비용으로 수천 만 원에서 많게는 일억 원까지 갔다 바쳐야 하고…… 그렇게 빚이 눈덩이처럼 불어난 거였네. 대출 받은 일억 원도 밀린 이자 정산과 구치소에 수감 중인 매제를 빼내오고 영업을 재개하는데 거의 다 소진했다는 것이었네. 육두문자로, 환장하고 팔짝 뛸 일이었네.

그때부터 나는 시쳇말로 누이동생에게 더 깊이 엮여들기 시작했네…… 아, 그 과정을 더 이상 말하고 싶지 않네. 종국에는 내 카드까지 빌려다가 마구 긁어 썼네.

은행 빚도 빚이지만, 사채업자나 카드사의 집요한 횡포는 당해 보지 않은 사람은 그 악랄함이 어느 정도인지 상상할 수도 없을 것이네. 시도 때도 없이 걸려오는 전화, 협박, 출강하는 대학까지 알아서 총장 앞으로 투서를 하고, 집으로 찾아와 고성을 지르고…… 정말 견딜 수가 없었네.

마침내 올 것이 오고 말았네. 사채업자가 신용정보회사(말이 회사지 미수금을 받아주고 수고비를 챙기는 조폭 집단이네)에게 의뢰하여 집에 경매가 들어왔네. 마누라가 게거품을 물고 길길이 뛰었네. 두 아들들도 누이동생에게 막말까지 하면서 분개했네. 어머니의 상심은 말할 것도 없고. 어머니는 식음을 전폐하다시피하며 몸져누우셨네.

급기야 분을 삭이지 못한 마누라가 가출했네. 두 아들의 돌 기념사진까지 정리해 놓고 가출했다가, 사채업자와 일정 부분 빚을 탕감받기로 협상한 후 귀가하여, 양평 집을 압류한 은행에서 이 집까지 압류가 들어올지 모르니, 집 등기를 자기 명의로 해달라고 요구했네. 그러면서 당신과 같이 살다가는 언제 무슨 일을 더 당할지 모르니 따로 살고 싶다고 했네. 어머니를 모시고 나가서 살라는 의사표시였네. 그 말을 듣고 이번에는 어머니가 옷가지를 챙겨가지고 집을 나가셨네.

어머니는 집을 나왔지만, 막상 어디라고 정처를 두고 갈 곳이 없으셨던 모양이네. 어렵게 살고 있는 남동생들 집으로 갈 수도 없고, 그렇다고 누이동생네 집으로 찾아 가서 당신의 초라한 꼴을 보이며 누이동생의 가슴에 못을 박고 싶지도 않으셨을 것이네. 어머니는 고민 끝에 시골에서 홀로 살고 계시는 이모님 댁으로 발길을 향할 수밖에 없으셨을 것이네.

나는 애를 태우며 어머니를 찾다가, 어머니가 이모님 댁에 계시는 것을 알고 이모님 댁으로 어머니를 모시러 갔네. 어머니는 집으로 돌아가지 않겠다고 버티셨네. 이모님도 만류하셨네. 이제 마누라와는 의가 나서 함께 살기는 어려울 것 같다고 하시면서, 내가 형편이 나아지면 그때 모셔가라고 하셨네. 나는 참담한 심정으로 발길을 돌렸네.

나는 마누라에게 집 등기를 넘겨주고 다시 빈털터리가 되어, 도심정사로 돌아왔네. 그러다가 몇 달 후, 가까스로 막내 동생이 살고 있는 동네에다 투 룸 월세를 얻어 어머니를 모셔왔네. …… 가슴이 아파서 그때의 상황을 더는 말을 못 하겠네!

일모! 곡차 한 잔 더 들이키고, 나머지 할 말을 해야겠네.

양평 집도 경매처분이 되었네. 그리고 남은 돈이 천이백여만 원 되네. 그 나머지 돈의 배당 내역서가 경매 법원에서 날아왔네. 그런데 실소유자나 다름없는 가등기권자인 나에게는 한 푼도 배당이 되지 않고, 누이동생의 친딸(내게로는 친 조카딸) 앞으로 모두 배당이 되었네. 그 이유는 내가 조카딸 앞으로 이층 방을 3천 5백만 원에 전세를 놓았기 때문이라네. 전세계약서도 첨부되어 있었네. 가짜였네. 임대인으로 되어 있는 내 주소도 틀리게 기재되어 있고, 도장도 막도장을 파서 찍어 놓았네. 그걸, 임대차보호법에 따라 선순위로 배당을 받으려고 경매 법원에 제출한 거였네.

나는 누이동생이 얼마나 사정이 절박하면 그랬을까, 분노감을 잠재우며 이해하려고 하였으나, 누이동생도 누이동생이지만, 앞날이 창창한 조카딸이 제대로 삶을 살아가게 하기 위해서도, 그대로 묵과할 수 없다고 다부지게 마음을 먹었네. 내 처지 또한 말할 수 없이 절박한 상황이고…….

일모! 실토할 것이 있네.

나 지금…… 육신이 정상이 아니네. 폐암이라네. 그것도 말기에 가까운…… 의사에게 담배도 피지 않는 내가 왜 이런 병에 걸려야 하느냐고 허탈하게 물었더니, 의사가 되묻더군, 가족 가운데 폐암으로 사망한 분이 없느냐고. 유전적인 요인인 것 같다고. 사실, 아버님도, 큰아버님도, 작은아버님도 모두 폐암으로 돌아가셨고, 막내 동생도 폐암 수술을 받았네. 의사가 절망하지 말고 빨리 수술을 서두르자고 하데.

문제는 돈이네. 나는 지금 손에 쥔 것이라고는 단돈 십만 원도 없네. 가족들에게 말을 할 수도 없고.

이의 신청서를 냈더니, 여주 법원에서 연락이 왔네. 배당 날에 법정에서 직접 이의를 제기하고 판결을 받으라고. 그래서 한 열흘 전에 여주 경매 법정으로 갔네. 배당이 나오면 우선 입원하고 치료를 받아보자는 생각을 하면서.

누이동생이 법정에 나오리라고는 생각도 못 했네. 그런데 누이동생과 매제와 조카가 모두 나왔네. 아니, 법정에서 배당이 처음 진행될 때에는 그들의 모습이 보이지 않았네. 내가 방청석에 앉아서 배당 순서를 기다리고 있는데, "저 좀 봐요, 외삼촌…… 엄마가 밖에서 기다려요." 하고 옆에서 부르는 소리가 났네. 조카딸애였네. 나는 조카딸애의 충혈된 눈을 바라보면서 떨리는 음성으로, "나는 니들에게 할 말이 없다. 돌아가서 착한 마음으로…… 밑바닥부터 다시 시작해라. 어른들이 너희들에게 이런 꼴을 보여서 마음이 아프다."고 말했네. 그때 판사가 내 사건 번호를 부르고, 이의가 있으면 나오라고 하였네. 나는 일어서서 판사석 앞으로 나갔네. 나가서 판사가 묻는 대로 대답하고, 이의 내용을 말했네. 판사가 조카딸애의 이름을 호명하며, 이의에 대해서 답변하라고 하였네. 그러나 조카딸애는 법정에서 이미 나가고 없었네. 경매사건을 진행하는 집행관이, 다툼의 당사자가 참석하지 않은 이의 사건은 배당이 다 끝난 다음에 따로 심리를 한다고 하면서, 방청석에 앉아서 기다리라고 했네. 나는 다시 방청석으로 와서, 참담한 마음으로 기다렸네. 배당을 기다리는 사람들은 많이 남아 있었네. 판사가 삼십 분쯤 더 사건을 진행하다가, 십오 분간 휴정한 후 속행하겠다고 말하고 판사석 뒷문으로 퇴정했네.

내가 쓰라린 마음으로 넋을 놓고 앉아 있는데, 등 뒤에서 누이동생의 갈라터지는 음성이 들렸네. …… 무슨 할 말이 있다고 앉아 있어요, 그래? 그게 오빠 집이야? 오빠만 잘 살면 최고야? 우리는 길거리에 나앉게 생겼어! 어머니도 개떡같이 모시다가 돌아가시게 해 놓구, 무슨 할 말이 그렇게 많아…… 참으려고 하였지만, 누이동생이 어머니의 얘기를 꺼내놓는 데는 더 참고 앉아 있을 수가 없었네. 나는 법정에서 다른 사람들이 지켜보고 있는 것도 아랑곳하지 않고, 네가 어떻게 나한테 그런 막말을 할 수 있느냐고, 니가 미친년이 아니고서야 어떻게 터진 입이라고 그런 막말을 하느냐고 고함을 질렀네. 그러니까 누이동생이 더 독이 올라서 맞고함을 쳤네. …… 흥, 그렇게 고고한 분이, 교수라는 사람이 자식들을 시켜서 막말을 하게 해…… 그러니까 학교에서도 잘렸지…… 잘났다는 새끼들은 똥구멍으로 호박씨는 잘 까면서, 제 잇속이라면 경우도 없어요! …… 아, 나도 미친 모양이네, 그 말을 그대로 주워 담아 주절대고 있다니…….

일모! 어떻게 법정을 빠져나왔는지 모르네. 흐르는 눈물로 시야가 흐려져서, 법원 출입구 계단을 헛디디며 법원 마당으로 간신이 걸어서 나왔네.

꽃이 지고 있었네. 정문으로 나오는 길옆에 줄지어 선 아름드리 벚나무들이 다투어 흰옷을 벗고 있었네. 나는 길 위에 하얗게 깔려 있는 꽃잎을 밟고 정문으로 나오며, 잠시 눈길을 걷고 있는 듯한 착각에 빠졌네. 그러면서 엉뚱하게도, 초등학교 때 어머니와 함께 눈 쌓인 밤길을 헤매던 기억이 떠올랐네. 아버지가 도박에 빠져 며칠이나 집에 돌아오지 않던 추운 겨울밤이었네. 밤 열두 시가 넘어서, 어머니가 추워서 옹송그리고 자는 나를 흔들어 깨우셨네. 어서 일어나서 함께 아버지를 찾으러 가보자는 거였네. 꿈자리가 이상한 걸로 보아 아버지한테 좋지 않은 일이 생긴 것 같다면서. 나는 잠들어 있는 어린 동생들이 걱정이 되어 몇 번이나 내려다보면서 어머니를 따라 집을 나왔네. 그 기억 끝에, 어린 누이동생이 뜨개질을 배우고 나서 처음 떠본 것이라면서, 내 앞에 벙어리장갑을 수줍게 내밀던 추억도 와서 매달렸네. 그때였네. 멀리 등 뒤에서 통곡하는 여자의 울음소리가 들렸네. 오빠아, 미안해요! 오빠한테는 할 말이 없어요! 아, 오빠아…….

아! 일모! 여주에서 인사불성이 되게 술을 마시고, 이천에 와서 버스를 갈아타며 또 마시고, 그렇게 몸이 곤죽이 되게 마셨는데도, 버스를 타고 대전으로 오는 동안 많은 생각이 뒤엉켜, 눈을 붙여 보려고 해도 영 눈을 붙일 수가 없었네.

일모! 선량했던 누이동생을 저처럼 처참하게 망가뜨린 것이 무엇인가. 지금 이 나라에 누이동생처럼 삶이 망가졌고, 망가져가고 있는 사람들이 얼마나 많은가. 대통령의 대선 공약 때문에, 소비가 미덕이고 경제가 최고라는 세계화의 망상에 젖어, 득보다 실이 많다는 것을 알면서도 무리하게 가입한 OECD! 뱁새가 황새를 좇다가 IMF를 자초한 OECD! 좋지! 선진국가! 출산율은 세계에서 제일 낮고, 자살률은 세계에서 제일 높고, 한해에 15만 쌍 이상의 부부가 이혼하며 가정이 깨져 가는데…… 이것이 우리가 바랐던 선진인가? 경제부흥인가? 우리를 마지막까지 올곧게 지켜주던 그 정신적 정체성은 다 어디로 사라졌는가? 내가 문을 닫으면, 바로 우주가 문을 닫는 것이 아닌가? 그 우주의 핵인 자아와 가정이 걷잡을 수 없이 망가져 가는데도, 언제까지 정체성을 망각한 경제대국과 선진화의 중병에 걸려 신음해야 한단 말인가?

나는 어느 비구니의 말대로, 남은 생애를 단풍처럼 곱게 물들고 싶었네. 잘 물든 단풍은 봄꽃보다 아름답지 않은가. 봄꽃은 화려하나 떨어지면 금방 시들어 추하게 되지만, 단풍은 떨어져도 오랜 동안 제 빛을 잃지 않고 산야를 아름답게 수놓지 않는가. 그러나 나는 이제, 남루한 이 육신을 더 지탱할 기력을 상실했네. 내가 이 땅에서 마지막까지 지키고자 했던 이념이나 가치들이 모두 사라져버린 지금, 무엇으로 이 남루한 육신을 지탱한단 말인가.

일모!

부탁이 있네. 이 편지의 내용은 아무에게도 공개하지 말게. 가족들에게는 두 말할 것이 없고. 특히 마누라에게는!

마누라! 생각하면 불행한 여자네. 생의 무거운 짐을 벗으려다가, 나를 만나 더 감당할 수 없는 짐만 잔뜩 진 채 고생만 지지리 했네. 미안할 뿐이네. 어제는 해직 당하고 고생할 때, 마누라가 몸 상하지 말라고 보약을 지어주며 사준 손목시계를 보관함에서 꺼내 놓고, 몇 번이고 들여다보았네. 우리에게도 그런 시절이 있었다네.

일모! 또 하나 부탁이 있네.

상처받아 남루해진 육신을 그대로, 한 많은 이 땅에 남겨 두지 말게. 화장하여, 대청호가 내려다보이는 도심정사 뒷산 참선바위 주변에다 뿌려

주게.

일모!

이제 작별을 고해야겠네. 잘 있게.

나는 형부의 편지를 읽고 나서 목 놓아 울었다. 퉁퉁 불은 채 물 위에 떠 있는 시신의 팔목에 채여 있던, 도금이 벗겨진 노란 금줄 손목시계…… 언니가 사준 손목시계라는 것을 알고 나니까, 더 눈물이 솟구쳤다.

강청은 종환의 말에 회상에서 깨어난다.

"영험한 기도터는 기도턴가 보네…… 많은 사람들이 응답을 받았다면."

"영험보다도, 그만큼 절실하게 매달렸기 때문이 아닌가 싶네. 절망의 밑바닥까지 가라앉았으니 포기하지 않고 발버둥 치면 떠오르는 것밖에 더 있겠어? 그들의 공통점은, 절실하게 매달렸고, 비울 줄 알면서도 자기 삶을 포기하지 않고, 그리고 진정한 참회가 있었어!"

"진정한 참회? 중요하지. 진정한 참회가 있어야 용서가 허락되는 거니까."

"사실…… 생각해보니까…… 자신이 욕망하지 않는 것은 자신을 괴롭히지 않는다는 걸 깨달았어. 그것이 옳건 그르건 간에. 어쨌든 고난의 터널을 빠져나와 앞으로 남은 생을 어떻게 살 것인가를 생각하다가, 이곳에서 응답처럼 기도문을 얻게 되었어. 그래서 집에서 새벽마다 그 기도문을 외우고, 이곳에서도 기도문을 염송하지."

"어떤 기도문인지 듣고 싶네. 그럼 오늘도 기도를 해야 할 거 아닌가?"

"해야지. 그런데 자네 앞에서 하려니 좀 그렇긴 하네…… 괜히 유별을 떠는 것 같기도 하고…… 기도는 혼자 조용히 하는 것인데……."

"이 사람, 별 소릴 다 하네. 강 교수가 어떤 사람이라는 걸 다 아는데 무슨 소리야. 어서 하게!"

강청은 조금 겸연쩍은 표정을 짓다가 곧 정색을 하고 돌아서서 암벽 위에 돌출된 좌선대 앞에 마주선다. 종헌도 돌아서서 자세를 반듯이 하고 좌선대를 올려다본다.

강청은 삼배를 올린 다음 합장하고 목소리를 가다듬는다.

"부처님! 하느님!

하느님! 부처님!

근본이 하나이신 진리의 빛이시어!

먼저 저희가 누구인가를 알게 하소서.

육신의 형상에 집착하지 말게 하소서.

이른 아침에 피어올랐다가 때가 이르면 자취도 없이 사라지는 안개와 같이 허망한 육신의 형상이 저희의 본체가 아님을 알게 하소서.

지혜의 눈을 주시옵소서.

진실한 것은 오직 마음의 눈으로만 볼 수 있다는 것을 깨닫고 마음의 시력을 높이는 데 힘쓰게 하소서.

무릇 지킬만한 것보다 더욱 저희 마음을 지키게 하시고
삼계의 법계가 이에서 남이라 하신 뜻을 알게 하소서.

탐욕에 흔들리지 말게 하소서.
이 세상 어느 것도 영원히 내 것이 될 수 없고
잠시 빌렸다가 돌려주고 가는 것임을 알게 하소서.
어떤 고난이나 슬픔이나 기쁨이 닥쳐와도
왔다가 곧 사라지는 것이니
집착하지 말게 하소서.

나누고 베푸는 삶을 살게 하소서.
가난한 마음으로 이웃을 배려하고 나누는 삶이
당신께 이르는 길임을 알게 하소서.
사랑과 용서와 나눔이 바로 위대한 종교요
당신의 참 형상임을 깨닫게 하소서.

진실로진실로 저희 자신을 사랑하게 하소서.
이 세상 어느 무엇보다 소중한 존재가 자신임을 알게 하소서.
내가 문을 닫으면 바로 그것이
우주가 문을 닫는 것임을 깨닫게 하소서.
나를 올곧게 지키고 사랑하는 것이 바로

저희를 건지러 오신 당신의 뜻임을 알게 하소서.
나를 진실로 사랑하는 자라야
남도 참되게 사랑할 수 있다는 것을 깨닫게 하소서.

지금 이 순간에 최선을 다하는 삶을 살게 하소서.
순간 속에 영원이 있고 영원 속에 순간이 있으니
모든 것이 찰나에서 시작된 것임을 알게 하소서.
그리하여 지금 마주하고 있는 사람이 가장 소중한 사람이고
지금 하고 있는 일이 가장 중요한 일임을 깨달아
순간순간마다 최선을 다하는 삶을 살게 하소서."

강청이 기도를 마치자 종헌이 숙연한 표정으로 강청을 바라본다.
"공감이 가는 기도문이네. 나도 그렇게 살다가 주님 품에 안기고 싶네. 성경과 불경, 부처님과 하나님의 가르침이 다 녹아 있는 기도문일세! 자네 말대로 구원은 진리의 가르침을 실행하는 것에서…… 궁극적으로는 자신의 믿음이 자신을 구원하는 것이지, 교회가 구원을 선물하는 것은 아니라고 믿어. 교회는 천국으로 가는 이정표의 역할을 할 뿐이라고 생각해. 예수의 산상 수훈처럼, 무교회의 교회, 그것이 기독교 신앙의 기초가 아닌가 싶어. 네 마음에 반석을 닦으라고 베드로에게 한 말씀처럼!"
"불교도 매한가지지. 부처님을 모신다는 대웅전은 석가의 무덤을 상징하는 징표에 불과해. 석가가 열반하고 나서, 마음의 정처를 잃은 중생들

이 방황하자, 절을 짓고 대웅전을 만들어 불상을 모신 것이지. 석가모니의 사리를 서로 가지려고 나라끼리 전쟁을 했을 정도로 진리의 말씀보다 허망한 형상에 더 집착했으니까. 저자거리의 중생들이 다 부처인데, 그 부처를 외면하고 대웅전에 깎아 놓은 목불만 찾는다고 할(喝)을 한 큰스님도 계시지만…… 절 보고, 스님 보고, 교회 보고, 목사 보고 신앙에 경도되면 실망하고 실심하기 십상이지! 오직 말씀만 붙들고 매달려야 하는데! 이정표를 확인한 다음에는 무소의 뿔처럼 혼자서 가야하는데 말이야!"

"이 세상에는 날마다 날마다 얼굴을 대하면서도 참으로 보지 못하는 사람이 많은데, 오늘 강 교수를 새삼 다시 보게 되었어. 삶은 모자이크 같아서 너무 가까이 있으면 제대로 볼 수 없다는 걸 실감한다고나 할까……."

"무슨 씨잘 데 없는 소리를…… 하긴, 석가도 많은 중생을 제도했지만, 단 한 사람, 가장 가까운 아버지 정반왕만은 제도를 못 했지. 아무리 좋은 진리를 설법해도 저건 내 자식인데 하는 선입견에 가로막혀서…… 앉아서 좀 쉬었다 내려갈까?"

"형택이네 집에서 영진이가 기다린다고 하지 않았어? 점심 같이 먹자고."

"괜찮아. 내려가는데 십오 분, 가는데 십오 분, 삼십 분 정도면 충분한 거리야. 열두 시 반 정도면 도착할 수 있어."

"그런가. 여기 앉아 있으면 경치에 취해 일어날 생각이 없어질 것 같은데."

"땀이나 식히고 내려가지 뭐. 자, 여기 맨바닥에 그냥 앉자구."

강청이 먼저 좌선대 암벽을 등지고 평평하게 고른 땅바닥에 주저앉는다. 예닐곱 명이 앉을 수 있는 자리다. 종헌도 강청의 옆에 따라 앉는다. 대청호 너머 멀리 산과 마을이 구도가 잘 잡힌 산수화처럼 펼쳐져 있다. 종헌이 한동안 눈앞의 풍경을 주시하다가 강청에게 묻는다.

"형택이는 퇴직하고 이곳으로 들어온 지가 얼마나 됐어? 서울서 고급 관리로 살다가 시골서 처박혀 살기가 쉽지 않을 텐데……."

"오 년, 그쯤 됐을 거야. 감사원 국장을 하다가 대전에서 분소장을 할 때 지금 사는 집이 맘에 들어서 구입했지. '살로메'라는 유명한 찻집을 매입했는데. 전망이 아주 좋아. 호수와 어우러져 석양의 경치가 일품이지. 그 친구도 관리보다는 학자풍이지. 예술적인 감각도 좀 있고. 원래 부친이 서울대 교수를 지냈고, 한국에서 경제학 원론을 맨 처음 쓰신 분이라고 하시던데…… 말년에는 혼자 금산사 근교에 사시면서 역학과 불교에 심취하시다가 생을 마치셨지. 형택이도 부친의 영향인지 한동안 불교에 심취해 있는 거 같았는데, 요즘은 교회에 나가면서 성경 공부에 몰입하고 있지."

"그으래?"

종헌의 말투가 호기심보다는 반가움이 더 짙게 느껴진다.

"부인이 열성 기독교 신잔데, 부인 따라 교회에 나가다 보니 점점 빠져들 게 된 거 같아."

"영진이는 어때? 그 친구 한 때 대학 진학을 포기하고 해인사로 출가하지 않았어? 왜 환속했나?"

"병 때문에 그랬다는데 지금은 그냥 고달픈 삶을 살고 있지."

"생활이 어려운가?"

"여러 사업에 손을 대고 정치판에도 기웃거려보고 했는데 제대로 된 일이 없는 거 같애."

"둘 다 신앙에는 아직 깊이 들어가 보지는 않은 거 같군. 신에게 절실하게 매달릴 정도로는……. 하기야 종교 인식은 두 가지 흐름으로 흘러왔고 흘러가고 있으니까…… 신을 인식하는 흐름과 신을 의식하지 않는 인간의식, 학문의식으로."

"어떤 흐름이든…… 그 시작은, 참 나를 발견하고 그 중심에 서는 일부터가 아닐까?"

"맞아. 아까 당신의 기도문 중에 두 구절이 특히 가슴에 와 닿더라고…… 내가 문을 닫으면 바로 우주가 문을 닫는 것이라는…… 이 세상어느 것도 영원히 내 것이 될 수 없고, 잠시 빌렸다가 돌려주고 가는 것이라는……."

"모르겠어…… 내 마음의 그물코에 걸린…… 어떤 종교로도 도금하고 싶지 않은 나 자신의 서언일 뿐, 다른 수식어는 붙이고 싶지 않아."

"그 마음의 길을 내기가 쉬운가…… 행이 문제지."

"그만 일어설까? 너무 늦어도 안 되니까."

강청이 일어서자 종헌도 뒤따라 일어난다. 강청은 미소를 짓고 종헌을 향해 합장을 한다.

"라마스떼!"

종헌이 조금 당황한 표정으로 묻는다.

"그게 무슨 말이야?"

"네팔어로 '당신 안의 신에게 경배합니다.'라는 뜻이야."

종헌도 빙그레 미소를 지으며 강청을 향해 두 손을 모은다.

"라, 마, 스, 떼!"

2

방아실을 지나 대청호를 끼고 구불구불한 도로를 십여 분 쯤 달려 어부동 초입에 이르자, 길옆에 세운 '살로메'라는 간판이 시야에 들어온다. 그리고 바로 내리막길 옆에 〈석양이 아름다운 찻집, 살로메〉라는 상호를 지붕 위에 이고 있는 서구식 건물이 눈에 띈다. 건물 아래로는 대여섯 채의 구옥들이 대청호를 향해 띄엄띄엄 엎드려 있다. 마을 건너편에 늘어선 산들은 짙푸르게 펼쳐진 호반에 한가롭게 발을 담그고 있다. 강청은 〈살로메〉 마당으로 차를 몰고 들어간다. 멋스럽게 가지를 늘어뜨리고 위용을 자랑하고 있는 노송 아래 공터에다 차를 세운다.

차에서 내리자 종헌이 감탄사를 연발한다.

"아, 여기 경치도 대단하네! 저, 호수하고 산들 좀 봐! 정말 석양 무렵에는 장관이겠어! 형택이가 왜 여기다 말뚝을 박았는지 알만해! 지금 영업을 하나?"

"안 해. 잠시 소일거리로 차와 음식을 팔았는데, 식당 영업을 한다는 게, 만만한 일인가! 생판 촛짜가! 그것도 대접만 받아오던 고관 부인이! 걷어치운 지 오래야."

강청은 출입구 쪽으로 걸음을 옮긴다. 자갈 깔린 소로를 따라 갖가지 풀꽃들이 줄지어 피어 있다. 강청이 출입문을 열고 들어서자 거실에서 기다리고 있던 사람들이 반갑게 맞이한다. 형택과 영진, 그리고 낯익은 남자 두 사람이 창가에 놓인 소파에 앉아 있다가 몸을 일으킨다. 최 사장과 오 사장이다.

"어, 이게 누구야? 종헌이 맞아? 얼마만이야! 길에서 만나면 잘 모르겠네!"

형택이 입구로 걸어 나오며 인사를 하고 영진도 뒤따라 나와 종헌의 손을 잡는다.

"정말 오랜 만이야! 십 년도 훨씬 넘었지, 만난 지가!"

"그려. 많이들 변했네."

종헌은 몸피가 불어난 형택과 나이가 들어 얼굴에 주름살이 많아진 영진을 번갈아 본다.

강청은 엉거주춤 서 있는 두 남자를 향해 인사를 한다.

"아, 최 사장님, 오 사장님도 오셨네요!"

"아이구, 강 교수님을 여기서 만나네!"

"신수가 확 펴시니까 저 같은 사람은 생각도 안 나시지요?"

두 사람이 이구동성으로 반가워하며 강청의 앞으로 다가와 악수를 청한다. 두 사람은 모두 강청이 해직 당하고 어려움을 겪을 때 영진을 통해 알게 된 사람들이다. 최병기 사장은 세무 공무원을 하다가 퇴직하고 관광 회사를 하면서 송민구 국회의원의 후원회 성격을 띤 산악회를 이끌고 있었다. 오동복 사장도 그 산악회에서 알게 되었다. 오늘도 등산을 했는지 등산복차림들이다.

"두 분도 신수가 더 좋아지셨는데요 뭘!"

강청이 맞받아 덕담을 하자 싫지 않은 표정이다. 최 사장은 훌쩍 큰 키에 등산으로 단련된 다부진 체격이 칠십을 넘긴 나이인데도 육십 대 후반으로 보인다. 오 사장도 중키에 혈색이 좋은 피둥피둥한 얼굴이 육십 후반의 나이보다 훨씬 젊게 보인다.

"최 사장님, 인사하시지요. 설종헌이라고, 고등학교 때 친굽니다."

영진이 두 사람에게 종헌을 소개한다.

"안녕하세요? 최병깁니다."

"오동복입니다. 인상이 참 좋으십니다."

수인사가 끝나자 형택이 소파에 앉기를 권한다. 다탁에는 네 사람이 마시던 커피 잔이 그대로 놓여 있다. 최 사장과 오 사장과 영진은 앉아 있던 자리로 가서 앉고 강청과 종헌은 커피 잔이 놓여 있지 않은 자리로 가서 앉는다. 형택이 선 채로 묻는다.

"무슨 차로 할래? 커피, 홍차? 아니면 주스도 있고."

"차는 뭘…… 바로 황토골 식당으로 내려가지. 새우탕을 시켜놨다면서?"

"그래도 오랜만에 친구가 왔는데 차 한 잔은 해야지."

"그럼 커피."

강청이 커피를 달라고 하자 종헌도 같이 커피를 청한다.

형택은 주방 쪽으로 가고 네 사람은 잠시 서먹한 표정으로 말없이 앉아 있다. 아래층은 살림집으로 쓰고 위층은 찻집으로 사용하던 것을 조금 개조했을 뿐, 위층은 그대로 카페의 분위기다. 대형 유리창으로 내다보이는 강마을의 풍경은 그대로 한 폭의 산수화다. 긴 띠를 두르고 있는 남빛 호반 너머 겹겹이 물결을 이루고 있는 산이며 산 아래 고즈넉이 엎디어 있는 마을 풍경이 이국적인 정취를 자아낸다. 종헌이 창밖의 대청호 풍경에 넋을 놓고 있는데 영진이 강청에게 묻는다.

"요즘도 자주 가? 도심사 뒷산?"

"기도터를 손 보고 있어. 마음이나 다스리면서."

"그동안 정말 고생 너무 많이 했어. 부활했으니까 인제 써야지. 우리가 당신에게 기대했던 건 큰 소설가였으니까."

"글쎄…… 산에 다녀오는 길들이신가?"

강청이 최 사장과 오 사장을 번갈아보며 묻자 최 사장이 기다렸다는 듯이 대답한다.

"예. 여기서 가까운 고리산에 갔다가 오는 길입니다. 가볍게 등산을 하구 윤 감사님도 뵐 겸, 황토골 식당 민물새우탕이 생각나서 왔는데 마침 강 교수님까지 뵙게 됐네요. 뵌 지 한참 됐지요?"

"등산은 여전하신가 봐요?"

"그럼요. 건강에는 뭐니 뭐니 해도 산처럼 존 게 없습니다. 산만 열심히 다니면 만 가지 보약이 필요 없어요. 거시기 관리에도 등산만치 존 게 없구요!"

"거시기라면……."

오 사장이 얼른 강청의 말을 받는다.

"정력이지요, 정력! 최 사장님의 절륜한 정력은 다 산 덕분 아닌가요? 사실 산하고 그거하고는…… 맞는 궁합 아닌가요? 산 위에 오르는 거나…… 배 위에 올라가는 거나, 오르는 건 매한가지 아닙니까?"

"맞아! 맞아! 이, 임재옥이 같이 쎈 여자를 만나면 말야, 여자의 배가 백두산보다 더 높다는 걸 실감하게 되지! 어지간한 놈은 한 달만 같이 살면 송장이 될 거야! 서너 번을 절정에 오르고도 떨어지지를 않아! 내 참, 그런 여자는 첨 경험했다니까!"

"생긴 거부터가 색골로 생겼지 않습니까! 강 교수님도 기억나실 걸요, 아마…… 도명산 등산할 때 강 교수님한테 눈독을 드리고 꼬리 치던 여자. 식성이 좋은 년이라 제 맘에 드는 남자는 그냥 놔두지를 않지요."

"글쎄요……."

"미인형의 얼굴에다 가무잡잡하고 보조개가 패인……."

오 사장이 그래도 모르겠느냐는 눈빛으로 강청을 바라본다.

"도명산 등산할 때라면 하도 오래 돼서……."

사실 십 년도 훨씬 전 일이었다. 강청은 그때 영진의 권유로 최 사장을 따라서 자주 등산을 다녔다. 심신이 피폐해지지 않으려면 사람들과 어울려 등산을 다니는 것이 좋다고 강권하여 마지못해 최 사장이 주도하는 산악회 등산에 더러 합류했다. 그날 등산은 국회의원 보궐선거에 출마하는 송민구 의원의 표를 모으기 위한 선거용 이벤트였다. 그래서 기도발이 잘 받기로 소문이 나 있는 도명산을 택했던 것으로 기억이 된다. 충청북도에 소재한 그 산은 높았고, 강청은 그날 몸 상태가 좋지 않았다. 그래서 강청이 산 밑 유원지에서 먹고 노는 패들과 합류하여 쉬려고 하니까 최 사장이 목청을 높였다. 기도발이 잘 받는 도명산까지 와서 정상을 보고 안 올라간다는 건, 첫날밤에 신부를 벗겨 놓고 문전만 더럽히다가 허약하게 하산하는 덜 떨어진 신랑 놈과 뭐가 다를 게 있느냐고 닦달을 하는 바람에 억지로 이끌리다시피 산에 올랐다가 탈진 상태로 하산하였다. 하산하면서 영진이와 나눈 대화가 어렴풋이 떠오른다.

"보조를 못 맞춰서 미안해. 어떻게 그렇게 산들을 잘 타? 여자들도 펄펄 날라 다녀!"

"산 잘 타는 년들만 따라 올라왔으니까…… 산만 잘 타는 게 아냐. 수말도 잘 타! 이런 정치판에서는 산 잘 타고 수말 잘 다루는 년들이 판을 치지. 아까 봤잖아. 버스 안에서 잡놈과 잡년들이 어울려서 노는 꼬락서니를…… 대한민국 정치판의 표밭이라는 게 그런 수준이야. 그런 진흙탕에 들어가지 않으면 금배지를 건지기가 어려워! 정치! 화려한 보자기에다 싼

똥이지, 또옹! 풀구 안을 들여다보면 구린내가 진동해!"

앞서 가는 여자들의 꽁무니를 바라보며 최 사장과 오 사장이 주고받던 음담패설도 기억 위로 떠오른다.

"……조개가 없어 봐! 세상 살맛나나! 잘 살아도 조개! 못 살아도 조개지! 그래서 등산을 가도 꼭 조개를 데리고 가지. 조개들을 앞장 세워 엉덩이를 흔들구 올라가는 걸 바라보면서, 저 엉덩이 바로 밑에 거시기가 숨어 있다고 침을 삼키면서 열심히 따라 올라가면 말야…… 힘이 펄펄나!"

"형님은 정말, 잘 살아도 거시기, 못 살아도 거시기네요! 그래서 등산하다가 떨어지는 거시기를 여러 개 줍기도 하구요, 알밤 줍듯이…… 흐흐흐……."

강청이 그때의 기억을 털어내리는데 오 사장이 한 마디 한다.

"그래도 그 시절이 좋았지요. 요새는 걸핏하면 성폭력인지 뭔지 해서, 고추가 조개만 보면 경끼를 일으키는 판이라 어디……."

"뭔 소린가? 그때나 지금이나 원인 제공은 다 조개들이지! 요새 세상에 간식 안 챙겨 먹는 년들이 얼마나 돼! 유부녀들이 즈들끼리 애인이 몇이냐를 명품 자랑하듯 한다는데…… 간통죄도 없어졌겠다…… 은장도 휘두르며 설치는 년이 있으면 박물관에라도 보내야 할 판 아닌가?"

"그만하시지요. 아래층에서 윤 감사 부인이 듣겠어요. 그리고 이 친구…… 그런 데 하구는 먼 친구예요. 초면인데……."

영진의 말에 종헌이 어린애처럼 얼굴을 붉힌다.

"아, 아녀…… 나 신경 쓰지 말어……."

"아이구, 그런 줄도 모르구…… 실례했습니다."

최 사장이 조금 머쓱한 표정을 짓는데 오 사장이 실없는 농담을 던진다.

"선하신 인품이, 뵙기에도 정말 박물관에다 모실 분 같으시네요. 하기는 공자도, 내가 낮에나 공자지 밤에도 공자냐고 했다지만…… 아이구, 이거 초면에 실례를 했나 봅니다!"

종헌의 얼굴이 더 새빨개지는데 영진의 상의 주머니에서 핸드폰이 울린다. 영진이 핸드폰을 꺼내 오른쪽 귀로 가져간다.

"아…… 알았습니다. 바로 내려가겠습니다."

핸드폰을 귀에서 떼며 영진이 차를 준비하고 있는 형택을 향해 큰소리로 말한다.

"윤 감사, 상을 차려놨대! 그냥 내려가지! 새우탕도 다 끓었다고 하구!"

황토골 식당 마당으로 들어서자 주방에 있던 주인여자가 툇마루로 나오면서 반색을 한다. 황토골 식당은 ㄷ자형의 한옥인데 마당 입구의 방을 주방으로 쓰고 대청과 안방 뒷방은 손님맞이 방으로 사용하고 있다. 마당 한가운데는 메기, 붕어, 잡고기 같은 민물고기를 담아 놓은 대형 수족관이 있고 수족관 둘레에 크고 작은 기형의 수석들이 보기 좋게 쌓여 있다.

"어서 오세요. 아, 교수님! 오늘은 교수님까지 여러 분이 오셨네요. 안방으로 들어가세요. 상은 벌써 차려났어요. 밥만 들여가면 돼요."

형택이 웃으며 주인여자의 말을 받는다.

"수봉이 엄마는 강 교수밖에 안 보이나봐. 강 교수, 강 교수! 강 교수만 좋아해."

"또, 또오 그러신다……."

주인여자가 입가에 웃음을 매달고 곱게 눈을 흘긴다. 오십을 넘긴 나이인데도 곱게 나이를 먹어 피부도 좋고 표정도 해맑다. 성격도 구김살이 없고 활달하다. 강청은 형택이 이 마을로 들어와서 살기 전부터 최 사장과 영진을 따라서 황토골 식당을 많이 들락거린 터라, 주인집 내외와 격의 없는 농담도 곧잘 주고받는다. 강청은 주저하지 않고 형택의 말에 농담을 섞는다.

"남이야…… 저 산의 들꽃들도 즈들끼리 눈이 맞아서 저토록 아름답게 붉는데 왜 그걸 국가에서 관리해야 하나!"

오 사장이 맞장구를 친다.

"맞습니다, 맞고요! 저는 벌써부터 알아봤는데요, 뭘……."

"또오, 또오……."

영진이 얼른 주인여자의 말을 막는다.

"자아, 자아. 수봉이 아버지한테 다리몽댕이 부러지기 전에 얼른 들어가서 새우탕하고 상견례나 하자구!"

일행은 앞서거니 뒤서거니 음식이 차려져 있는 안방으로 들어간다. 얇은 식당용 비닐 상포를 덮은 상 위에 토속 나물 같은 밑반찬이 가득 차려져 있다. 방은 구옥이라서 큰 상을 하나 놓았는데도 여섯 사람이 앉기에 넉넉하지가 않다. 한지를 바른 툇문은 열려져 있다. 문 밖은 바로 텃밭이다. 숲에 앉은 말매미소리가 시끄럽다.

상을 마주하고 세 사람씩 자리를 잡고 앉자 최병기 사장이 주방 쪽으로 눈을 주며 한마디 한다.

"아직도 몸이 괜찮은데…… 샘이 마르지는 않았겠어."

"그렇지요? 아직 암내가 풍기지요?"

오 사장의 말에 영진이 토를 단다.

"아녀. 인제 색끼가 많이 죽었어. 얼마 전까지만 해도 암내를 물씬물씬 풍겼는데 말야. 요기도 슬금슬금 흘리고…… 교회에 나가고부터 달라졌어."

"교회에 나가?"

최병기 사장이 의외라는 눈빛으로 묻는다.

"어쩌겠어요. 서방은 허리를 다쳐서 거시기가 구실을 못 하는 지가 십 년이 넘구, 불같이 치밀어 오르는 욕정의 불을 꺼줄 만한 소방관은 만나지지가 않구…… 나이 들어 결국 찾게 된 것이 교회지요."

"교회가 그렇게 만만한 곳인가…… 우리 마누라도 열성적인 신돈데, 목사님이 교회에 나오라고 어떻게 권유하는지 진땀을 빼다가 솔직하게 말했지. 목사님, 목사님, 저는 여자를 너무 좋아해서 교회에 나갈 수 없어서 못 나갑니다, 라고."

"그러니까 목사가 뭐래요?"

"회개하고 새 사람이 될 수 있으니까 더 좋다고 하더라고. 이 사장도 오원정이 따라서 교회에 몇 번 나갔다면서? 회개하러 나간 건 아닐 테구……"

영진이 조금 얼굴을 붉히면서 뜸을 들이다가 말문을 연다.

"오원정이가 어떻게나 졸라대야지요. 그런데 하필 처음 교회에 나간 날, 목사님이 '간음하지 말라'는 설교를 하는데 성가대에서 천연덕스럽게 설교를 들으며 나를 흐뭇한 눈으로 바라보고 있는 오원정이를 쳐다보고 있자니까 얼굴이 화끈거려서 앉아 있을 수가 없더라구요. 그래서 예배 도중에 나왔더니 오원정이가 어디 있느냐고 문자가 오더라구요."

"그래서, 예배 끝나고 했어?"

"……"

"했구만?"

"……."

"안 했어?"

"뭘 자꾸 물어봐요. 오원정이가 색골이라는 건 다 알잖아요. 나 같이 합궁이 잘 되는 남자는 처음이래요. 손끝만 닿아도 자지러져요. 물구 놓지를 않는데, 나두 그런 명품은 처음이에요. 속궁합이 따로 있다는데, 그걸 실감한다니까요!"

"으, 음…… 차암…… 요지경속이여……."

최 사장이 신음처럼 입맛을 다시며 한숨을 쉬자 모두들 조금 떨떠름한 표정이다. 종헌이 깊이 생각에 잠기는 눈빛이더니 영진에게 조심스럽게 묻는다.

"이 사장은…… 대학진학도 포기하고 해인사로 출가하지 않았어? 그때 이 사장이 쓴 시가 아직도 생생하게 기억에 남아 있는데……."

"이 사장이 시를 썼어?"

오동복 사장이 의외라는 듯이 묻자 형택이 재차 묻는다.

"'이 가을만큼만 가야지', 그 신가? 출가할 때 썼다는 시? 지금 들어도 좋아! 한번 읊어 봐! 분위기도 그렇구……."

"똥차 앞에서 방귀 뀌는 것도 아니구, 강 교수 앞에서 무슨……."

영진이 강청을 힐끗 바라보며 머뭇거리자 강청도 추임새를 넣는다.

"나도 들었던 시 아냐? 당신이 계속 시를 썼더라면 시인이 됐을 거야. 개도 아름다운 음율로 짖을 줄만 알면 시인 행세를 하려고 하는 세상이 돼 버렸는데 뭘……."

"그럼 한번 해 봐…… 참회하는 기분으로 그 시절을 생각하면서……?"

영진의 목소리가 회고조로 변하면서 감정을 갈무리는 듯 미간을 모은다.

"가, 아을 하안밤에, 거두어 부르는 소스라한 바람소리, 아니 가려 하던 숱한 새앵며엉들, 어수선히 짐을 챙긴다. 나도 생명이언정, 아니 갈 수 없을 세라, 내 깊은 곳에 묻어 두운, 괴나리봇짐 풀어, 이 가을, 또 한 장 접어 노오옷코, 연꽃만큼이나 깊고 고운 사념들을, 마앗고, 또한 밟으며, 나도 가야지, 이 가을 만크음만…… 시라고 할 것도 없지만, 이 시를 읊으면 동정을 줘 버린 여자와의 추억이 되살아나면서 조금은 마음의 정화가 되거든……."

"그런 사연이 있었어?"

종헌이 묻자 영진이 무심코 비밀을 들켜버린 순진한 소년처럼 얼굴을 붉힌다.

"어떤 여잔데? 지금은 못 만나?"

"수미라는 여잔데…… 떠나버렸어."

"왜? 어떻게 해서?"

"……."

"얘기하기가 곤란한가?"

"그런 건 아니지만…… 얘기가 길어질 거 같구…… 들은 사람들도 있고……."

영진이 말하는 그 사연은 강청도 술자리에서 여러 번 들었다. 영진은 술이 거나해지고 감정이 애상에 젖으면 출가할 때의 얘기와 수미라는 여자의 얘기를 슬그머니 꺼내곤 했다. '메밀꽃 필 무렵'의 조선달이 흥이 나면 상대방이 들으려고 하거나 말거나, 성서방댁 처녀 얘기를 꺼내듯 씹고 또 곱씹곤 했다.

"출가하기 전에 만난 여자야. 산으로 들어가려는 뜻을 아버지한테 말씀 드렸더니, 아버지가 혼절할 정도로 놀라시는 거야. 집안의 장손이 그럴 수는 없다고 펄쩍 뛰시는 거야! 그래서 대학 시험도 일부러 떨어졌느냐고 호통을 치시다가 타이르시다가…… 내 뜻을 꺾으려고 온갖 방법을 다 쓰셨지만 끝까지 뜻을 굽히지 않았지. 하루는 아버지가 삼만 원을 주시더라구. 칠십일 년도에 삼만 원이면 큰돈이지. 웬만한 말단 공무원 한 달 치 봉급 아닌가. 나더러, 인생은 그렇게 간단한 것이 아니니까 그 돈을 가지고 쓰고 싶은 대로 쓰면서 다시 한 번 생각해 보라는 거였어. 아버님께는 죄송했지만 그 돈을 가지고 속세에서 욕망을 불사르는 일을 다해보기로 작정했어. 술을 질탕하게 먹고…… 그리고 무엇보다도 거추장스러운 동정부터 떼어버리자고…… 그래서 하루는……."

영진은 주인여자가 쟁반에다 술과 밥을 챙겨가지고 대청마루를 건너오는 것을 보고 말을 멈춘다. 주인여자가 방으로 들어와 밥과 소주 두 병을 상에다 놓고 왜 하던 말을 멈췄느냐고 영진을 바라보며 야릇한 표정을 짓는다.

"비밀 얘기를 하시던 중이었어요? 얼른 나갈게요."

형택이 쾌활하게 주인여자의 말을 받는다.

"전혀 방해되지 않으니까 수봉이 엄마도 같이 들어요. 보약이 되는 얘기니까!"

"보약들 많이 드세요. 저는 보약 안 먹어도 되니까요."

주인여자가 급히 자리를 뜨자 영진이 말을 잇는다.

"그래서 말야…… 읍내에서 젤 좋은, 아가씨가 있는 술집으로 가서 방석집 술을 먹었지. 지금은 대전광역시로 편입되었지만 그땐 신탄진이 변두리 읍내였잖아. 나는 오가리라고 하는 강변 동네에서 살았구…… 신탄진에서는 소문이 나 있는 그 술집에서…… 학이 수놓아져 있는 병풍을 두른 방에서 뻑적지근하게 상을 차려 놓고 호기 있게 술을 마셨다, 이 말씀이야. 술도 술이지만, 방에 들여보낸 여자가 첫눈에 썩 맘에 들었어. 갸름한 얼굴에 피부가 곱고 표정이 맑은 게, 저어언혀, 술집 아가씨 같지가 않았어. 나이를 물으니까 스물 하나라고 하데. 나보다 한 살이 많은데 나는 스물 둘이라고 했지. 술을 주거니 받거니 수작을 하는 동안 나도, 그 여자도오, 슬금슬금 정이 쌓이기 시작했어. 우리는 맘이 통해서 자연스럽게 술자리가 파한 다음 그 여자가 살고 있는 셋방으로 옮겨 갔지. 아담한 방이었어. 오밀조밀 아기자기하게 방을 꾸몄더라구. 그 방에서……."

영진이 회상에 젖는 듯 눈을 가느스름하게 뜨고 천정을 올려다본다.

"어른스런 처억하면서 여자를 다루려고 했지만, 서어툴게, 그 여자에게 동정을 줬어. 여자는 금방 내가 첫 경험이라는 걸 눈치채대. 여자는 감동하는 표정으로 눈물까지 살짝 비치면서, 미안해요 처음이 아니라서, 하고 나를 정성을 대해 받아들이더라구. 나를 감동하게 만든 건…… 아침이었어. 눈을 뜨니까 햇빛이 벽 창문에 드리운 커튼 사이로 들이비치고 있었어. 근데 말야…… 그 햇빛이 글쎄…… 책상 위에 놓여 있는 성모마리아상 위에 환상적으로 머물고 있는 거야. 전날 밤엔 그 마리아상을 못 봤거든…… 실은 일이 급해서 자세히 방 안을 살필 겨를이 없었겠지만…… 묘한 감정이 일어나데. 거기다 말야…… 그 여자가 정성을 다해 아침을 지어 상을 보아 놓고오, 단정히 앉아 내가 잠이 깨기를 기다리고 있는 거야. 그 여자가 바로, 내 첫 동정을 준 수미야."

영진은 어려운 고백을 끝낸 사람처럼 다시 시선을 천정으로 옮기니까 오 사장이 소주병을 따며 잔을 돌린다.

"자, 자, 우리도 한잔 하면서 추억에 젖어 봅시다. 다들, 왕년에 그런 애절하고 순수한 로맨틱한 사건이 한 둘 쯤은 있었을 테니까요."

"그리고 끝이야?"

종헌이 잔을 사양하고 나서 영진에게 묻는다.

"아냐. 그 여자가 또 언제 자기를 만나러 올 거냐고 묻데. 구두끈을 매면서 나도 모르게, 첫눈 오는 날 밤에 찾아오지, 했어. 정말 나도 모르게 생각 없이 나온 말야. 어느 책에선가 봤던 감동적인 연인들의 대화를 흉내 낸 거 같아. 그 여자도오…… 그 책 속의 연인처럼 순수하게 내 제의를 받아들였어. 그땐 늦가을이었는데…… 왜 그렇게 눈이 안 오는 거야. 날이 갈수록 그 여자가 보고 싶고 안타깝고…… 어느 날 아침에 보니까 서리가 하얗게 내렸는데, 이걸 눈이라고 할까, 하는 생각이 들더라구. 그런데 말야, 어느 날인가 아침나절에 눈이라고도 할 수 없는 눈이 부실하게

106

쬐끔 내리데. 그래도 눈은 눈이다 하고 쾌재를 부르면서 저녁이 되기를 기다렸지. 그 여자가 사는 동네에는 그나마 부실한 눈마저 안 내렸으면 어쩌나 걱정을 하면서. 애타게 밤을 기다리다가, 그 여자가 살고 있는, 그 날 밤 그 방을 찾아갔지. 아, 그런데 말야, 그 여자가 퇴근하기에는 이른 시각인데도 방에 불이 켜져 있지 뭐야. 그 여자도 눈이 오기를 애타게 기다리고 있었던 거야! 우리는 뜨겁게 재회했지. 그날부터 우린 활활 불타 올랐어. 그리고 꿈결같이 한 달 가량이 흘러갔어. 그러다가아⋯⋯."

영진은 말을 멈추고 호흡을 고르는 듯 침을 꿀꺽 삼킨다. 다른 사람들은 이미 들은 얘기라 별 흥미가 없는지 술잔을 돌리며 음식을 먹기 시작하고, 종헌만이 진지하게 영진의 얘기에 귀를 기울인다.

"이래서는 안 되겠다, 하는 생각이 팍 들데. 사나이가 한번 세운 뜻을 이렇게 꺾을 수는 없다, 하는 결심이 다시 서면서, 문득 석가모니 부처님을 출가를 못 하도록, 아버지 정반왕이 호화로운 궁궐을 지어 주고 환락에 취하게끔 한 일이 떠오르지 뭐야⋯⋯ 마음을 다부지게 먹었지. 수미한테 말했어. 우린 그만 만나야 한다고. 수미가⋯⋯ 알아요, 내가 영진 씨와 어울리는 상대가 아니라는 거, 하고 큰 눈에 가득 눈물을 담는데 정말 가슴이 찢어지는 거 같더라구! 나는, 그런 게 아니라 고시 공부를 하러 기약 없이 산으로 들어간다고, 거짓말을 했지. 수미는 그렇다면 떠나기 전에 한 번만 더 와 달라고 하데. 수미와 약속한 대로 일주일 후에 찾아갔더니 글쎄 수미가⋯⋯ 곱게 수놓은 솜이불 한 채와 가죽장갑 한 켤레, 만년필 한 자루를 내놓지 뭔가! 지 마음이니까 받으라는 거야. 가슴이 콱

막히는 게……."

영진은 또 천정으로 시선을 옮긴다.

"마음이 흔들렸겠는데……."

"거절했지! 그걸 받았다가는 인연의 거미줄에 칭칭 감겨서 사바세계를 벗어나지 못할 거 같았어. 매정하게 뿌리치고 돌아섰지. 그런데 사람의 정이라는 게 어디 그렇게 칼로 무를 베듯이 단번에 끊어지는 건가. 한동안 번뇌에 많이 시달렸지…… 맑은 산새 소리가 꼭 수미의 고운 목소리 같고, 밤하늘의 초롱초롱한 별이 수미의 맑은 눈빛 같고…… 일 년 뒤 병을 얻어 환속한 뒤 수미를 찾아갔지만 수미는 이미 어딘가로 떠나고 없었어. 여러 차례 수소문을 해서 만나보려고 했지만 만나지 못했어…… 아직까지도……."

"유행가 가사처럼, 하룻밤 풋사랑의 비련이 돼버렸구먼."

"화류계 여자라고 생각할지 몰라도…… 처음 여자였거든. 여자라는 게 말야, 나일 먹을수록 육체보다는 정신이랄까 마음이랄까, 그런 것이 더 어여뻐 보이더라구. 어쩌면 여자의 진정한 정조는 마음에 있는지 모르겠어. 지금까지 많은 여자와 연애라는 걸 해봤지만, 모두가 육체의 열정이 식으면 그만이더라구. 수미처럼 아릿하게, 아련하게…… 가슴이 저려 오는 여자는 없더라구……."

"그려…… 육신처럼 허망한 것이 어디 있을까…… 근데 환속할 정도로 병이 심했나?"

"체질도 강 체질인데 이상하게 그렇게 됐어. 세상엔 뜻대로 안 되는 일도 많지 않아? 중 될 팔자가 아니라서 그랬는지 모르지. 병이 낫구서 다시 절로 들어갈까 생각했었는데, 아버님이…… 제발 중 자식 됐다는 말만은 안 듣게 해달라고 애원을 하시고…… 일 년 동안 절 생활 하면서 겪어보니까 거기도 사람 사는 데더라구…… 그래도 지금 생각하면, 그 길로 갔던 것이 옳은 길이었어. 사바세계에서 수십 년을 호기와 객기를 부리며 설쳐댔지만 남는 건 만신창이가 된 육신뿐이야!"

"지금도 늦지 않았어. 주님은 언제나 탕자가 돌아오기를 기다리고 계셔. 성대한 잔칫상을 준비하시고. 주님은 인간의 선한 본성만을 보셔."

"그야…… 죄 많은 손이 없으면 경배할 손도 없을 테니까……."

듣고 있던 오 사장이 빈 잔을 영진이 앞으로 내민다.

"이 사장, 잔 받아! 탕자를 위한 잔칫상은 나중에 받구, 이 새우탕 맛이나 먼저 보라구! 국물 맛이 죅여 주네, 죅여 줘어!"

가면무도회

1

  다혜와 용주가 시가연(詩哥演)에 모습을 나타낸 것은 저녁 아홉 시가 조금 넘은 시각이었다. 이기호 교수의 흥보가 판소리를 끝으로 공연이 끝나고 술자리가 한참 무르익고 있는 중이었다. 오늘 공연은 일곱 시에 시작되었다. 원래 주말에는 공연이 없는 날인데 이기호 교수가 해직교수 복직 추진위원회 회원들을 위해 특별히 무대를 연 것이다.

  강청이 회원 몇 사람과 인사동 시가연 공연장을 찾게 된 것은 공연장 이전을 축하하기 위해서다. 원래 공연장은 대학로 아트센터에 있었다. 이기호 교수가 재판에 승소하여 복직하면서 받은 손해배상금으로 재직 시절에 제자들과 함께 운영하던 판소리 아카데미를 개설하였는데, 운영이 여의치 않아 그만두고, 시가연 주인의 제의를 받아들여, 목요일 저녁 시간에 판소리 마당극과 시낭송을 곁들인 특별 무대를 개설한 것이다.

  오늘 공연은 한 시간 남짓 만에 끝냈다. 시가연의 공연은 손님들이 음식이나 술을 들면서, 이기호 교수와 제자들의 공연이 끝난 후 시객들이 자유롭게 자작시를 발표하면서 대화를 나누는 프로그램으로 진행된다고 했다. 그런데 오늘 공연은 복추위 회원들을 위한 주말 특별 무대라서, 여자 명창의 판소리만 듣고 바로 주연이 시작된 것이다.

"시가연…… 그럴듯하네요. 시중유화(詩中有畵), 가중유우(歌中有友), 연중유연(演中有宴)…… 시와 노래와 극이 있고 곁들여 그림과 벗과 잔치가 있으니."

강청이 공연장 옆 벽에 붙은, '仁寺洞에서 다시 詩를 만나다'라는 표제 밑에 쓰인 글귀를 바라보면서 축하의 뜻을 담아서 한마디 하는데, 다혜와 용주가 다가와서 인사를 한다.

"교수님 많이 기다리셨지요?"

"촛불 시위 때문에 길이 너무 막혀서요."

강청의 옆에 앉아 있던 김창훈 교수가 고개를 들어 두 사람을 바라보면서 먼저 말을 받는다.

"아, 회장님이 말씀하신 제자들이군요? 오늘도 많이 모였지요?"

"말도 못 해요. 광화문에서 서울역까지…… 끝이 어딘지도 모르겠어요. 지금도 계속 모여들고 있어요."

다혜가 상기된 얼굴로 대답한다. 목소리도 들떠 있다.

강청과 같이 대전에서 온 최정세 교수가 잔을 들다 말고 길게 한숨을 쉰다.

"때를 놓치고 있어요! 박근혜가…… '내가 이러려고 대통령을 했나 자괴감이 들 정도로 괴롭기만 하다'고 자탄하며 변명만 할 게 아이고, 더 늦기 전에 용단을 내려야 하는 긴데…… 그래야 정에 약한 국민들의 동정이라도 살긴데……."

"희망사항이지요. 절대로 그냥 물러서려고 하지 않을 겁니다. 그나마

JTBC가 최신실의 태블릿 PC를 입수해서 '박근혜-최신실 게이트'의 실체가 드러난 게 다행이지요. 그렇지 않았으면 계속 오리발을 내밀면서 정국은 더 혼란해지고 나라는 더욱 더 혼돈에 빠졌을 겁니다. 두고 보세요. 종국에는 기득권 세력이 사력을 다해 저항할 테니까요…… 그건 그렇고, 자리에 앉아요. 어디…… 의자가 부족한가?"

청주에서 올라온 박종규 교수가 좌중을 둘러보며 다혜와 용주에게 앉기를 권한다. 일곱 명이 10인용 식탁에 둘러앉아서 자리는 부족하지 않다. 오늘 참석한 해직 교수는 강청을 포함해서 모두 여섯 명이다. 대전의 최정세 교수와 청주의 박종규 교수 말고 나머지 김창훈, 이기호, 맹석주 교수는 모두 서울 사람이고 같은 학교에서 해직 당한 사람들이다. 가까이 모이는 중심 멤버들이다. 강청이 지난번 출판사에 들렀다가 영등포역 앞 식당에서 만났던 교수들이 대부분이다.

다혜와 용주가 선 채로 머뭇거리고 있는데

"이쪽으로 오시지요."

이기호 교수와 나란히 앉아 있던 연초록 한복 차림의 젊은 여자 명창이, 활짝 웃으면서, 비어 있는 옆자리를 가리킨다. 명창은 청아한 목소리만큼이나 자태도 곱고 단아하다. 대머리가 보기 좋게 벗어진 맹석주 교수가 일어나서 옆으로 비켜 앉으며 한 자리를 더 비운다. 다혜와 용주가 그 자리로 가서 목례를 하고 앉는다.

"저녁 식사 아직 안 했지? 뭘 시켜줄까?"

강청이 묻는다.

"아닙니다. 저녁은 여섯 시 쯤에 간단하게 먹었습니다. 더 시키시지 않으셔도 됩니다."

용주가 사양하자 김창훈 교수가 이기호 교수를 바라본다.

"그러면 안주라도 하나 더 시킬까요?"

"그럽시다. 해물파전을 우선 더 시키지요. 술도 더 해야 하니까."

안주를 시키고 술이 더 들어오자 술자리는 다시 활기를 띠기 시작한다. 홀은 손님이 많지 않다. 강청 네가 자리 잡고 있는 중앙에 위치한 큰 장형 테이블 말고 네 테이블이 더 있는데, 소형 테이블에 두 팀이 있을 뿐이다. 나이가 지긋한 세 남자와 젊은 여자가 식사를 하고 있는 왼쪽 벽면의 소형 테이블과 중년의 남녀가 마주보고 술을 마시고 있는 반대편 소형 테이블의 손님이 전부다. 그래도 홀의 분위기는 썰렁하지 않다. 나선형 계단을 돌아 지하로 내려오게 되어 있는 지하 홀은 평수 자체가 넓지 않고, 이십여 평 남짓한 공간에 시화와 골동품 같은 미술품이 적당히 배열되어 있어서 아늑한 분위기를 자아낸다.

"역시 회장님 제자라서 술들을 잘 하네. 자, 자, 진도를 맞추려면 사양 말고 더 들어요."

"아니에요. 저는 잘 못 마셔요."

다혜가 권하는 잔을 받으며 미소를 짓자 이기호 교수가 호탕하게 웃는다.

"못 마실 게 뭐 있어요. 회장님 말씀대로 술에 가시가 있나 씹기를 하나…… 음식 중에 가장 부드러운 음식인데…… 안 그렇습니까, 회장님! 하하하……."

"그래, 한참 만에 만났는데 한잔 하자. 용주는 신학교 준비 때문에 술을 자제하는 건 아니지?"

용주가 즉답을 피하고 애매한 미소를 입가에 떠올리는 것을 보고 김창훈 교수가 끼어든다.

"신학교 준비라면…… 목사님이 되시는 건가요? 예수님의 첫 번째 이적이 어머니 마리아와 함께 혼인 잔칫집에 갔다가 물로 포도주를 만든 거 아닙니까……."

"그렇게 가볍게 얘기할 건 아니고……."

강청은 좌중의 분위기를 무겁게 하지 않으려고 김 교수의 말을 받아 가볍게 흘려보낸다.

용주는 신학교에 가겠다고 뜻을 굳히고도 또 신학교 입학을 늦추고 있다. 연주의 실종 확인을 끝내고,라는 꼬리를 달고 있지만, 강청은, 시간의 흐름에 따라 내심 심경에 변화가 일고 있는 것이 아닌가 하는 의구심을 떨쳐버리기가 어려웠다.

세월호의 실종자 수색과 생사의 확인은 아직도 요원하다. 세월호를 진도의 팽목항에서 목포의 신항으로 옮겨서 정밀 수색을 진행하고 있지만 연주를 포함한 다섯 명의 실종자는 그 행적이 오리무중이다. 게다가 최신실의 국정농단과 박근혜 대통령의 탄핵 문제로 온 나라가 촛불집회로 들끓고 있어서 국민들의 관심에서도 한참 물러나 있는 상황이다.

김창훈 교수가 용주의 신상에 대해서는 더 이상 언급하지 않고 비껴나면서 화제를 돌린다.

"그런데 교회 말이 나왔으니까 말인데…… 최신실이의 국정농단의 단초는 박근혜가 사이비 교주인 최신실의 아버지 최태민이에게 빠져들게 되면서부터 아닙니까? ……육 여사가 문세광이 쏜 총에 죽자 박근혜는 전국 각지에서 위로의 편지를 많이 받았는데 그 중에 최태민의 서신도 있었답니다. 최태민의 서신에는 이런 내용이 적혀 있었다고 하네요.

'어머니는 돌아가신 게 아니라 너의 시대를 열어주기 위해서 길을 비켜주었다는 걸 네가 왜 모르느냐? 너를 한국, 나아가 아시아의 지도자로 키우기 위해 자리만 옮겼을 뿐이다. 어머니의 목소리가 듣고 싶을 때 나를 통하면 항상 들을 수가 있다. 내 딸이 우매해서 아무것도 모르고 슬퍼만 한다.' 이렇게 썼다는데, 사이비 교주들이 쓰는 전형적인 수법이지요. 하지만 사회 경험이 없던 박근혜가 마음이 허한 상태에서 최태민이 놓은 미끼를 덥석 물었고, 마침내 최태민을 청와대로 불러들였답니다. 일설에 의하면 최태민은 심리적 혼란에 빠진 박근혜 앞에서 육 여사의 영혼이 자신에게 빙의되었다고 하면서 육 여사의 표정과 음성을 그대로 재연했다고 합니다.

종교 지도자의 탈을 썼건, 정신적 지도자의 탈을 썼건, 분명한 것은 두 사람의 인연은 그렇게 시작되었다고 합니다. 나이를 초월하고 신분을 초월한 그 인연에는 설명할 수 없는 종교적 신념에 가까운 것이 개입한 게 분명합니다. 한 가지 또 분명한 것은, 그때 박근혜의 마음속에서는 이미 권력에 대한 욕망이 꿈틀댔고, 바로 그것이 최태민의 눈에 포착된 것이 아닐까요?"

"그런데 최태민이라는 인간은 어떤 인간입니까?"

박종규 교수가 미간의 주름을 모으며 묻는다.

"최태민은 원래 황해도 출신으로 일제강점기 일본 순사였다가 광복 후 경찰로 활동했던 인물로, 여자관계도 복잡하고 사회 활동 이력도 복잡합니다. 최태민은 이미 이북에서 낳은 애꾸눈 아들이 있었고, 이남으로 내려와 두 번째 부인한테서는 일남 일녀를, 세 번째 부인한테서는 딸 하나를 낳았습니다. 그러다가 포항 과부 임선임을 만나 자식을 셋 더 두게 되는데, 그 둘째 딸이 최신실입니다. 그 후에도 여러 여자와 바람을 피워 낳은 자식을 여럿 집안으로 들어오게 하여 임선임의 분통을 터뜨렸다고 합니다. 집안 살림은 임선임이 꾸려나갔고 최태민은 도를 닦는다며 산에 들어가 있다가 가끔 내려오면 천주교당에도 갔다고 합니다. 어쩌다 집에 돌아오면 돈을 한 움큼씩 들고 나갔다는데, 임선임에게 돈보다 더 불안한 것은 남편이 어디선가 또 다른 자식을 만들고 있지 않을까 하는 걱정이었다네요."

최정세 교수가 특유의 착 갈앉은 경상도 말씨로 끼어든다.

"김 교수님은 예…… 우예 그래 최신실이의 집안 내력을 그래 잘 아십니까?"

다른 사람들도 호기심 어린 눈으로 김창훈 교수를 바라본다.

"잘 알기는요…… 요즘 세간의 이목을 끌었던 책, '또 하나의 가족, 최태민, 임선임, 그리고 박근혜'라는 책, 들어보시지 않으셨나요? 최신실 게이트가 터지고, 조순제 녹취록이 보도되자 최 씨 일가를 둘러싼 진실을 제대로 알리고 싶다고, 조순제의 장남이자 최신실의 의붓조카인 조용래가 쓴 책인데, 뭔 내용인가 해서 일별해봤지요."

"그러면 최신실의 어머니 임선임이는 어떤 여잡니까?"

이번에는 맹석주 교수가 묻는다.

"임선임이는 경남 함안 여잔데 소작농의 딸로 주인집 막내아들 조동찬과 결혼하여 포항으로 이사와 유복한 생활을 했으나, 남편이 불의의 교통사고로 죽고 과부로 혼자 살다가 스물여덟 살 때 최태민을 만났다고 합니다. 최태민이와 결혼하기 전에 사주를 보았는데, '이 사람은 씨받이 팔자다. 여자로 태어났으면 씨를 받아도 참으로 많이 받을 팔자다. 아이들을 데리고 재가를 가기는 틀렸으니 단념해라. 당신은 돈이 돈을 업고 따라오는 형국으로 돈이 따라와서 붙는 팔자니, 아이들을 잘 키우고 살면 큰 보람이 있을 것이다.'라고 했답니다. 그러나 결국 한국전쟁이 발발하기 얼마 전 재산을 정리해가지고 최태민이를 따라나서지요. 전 남편 사이에 낳은 아들 조순제를 최태민에게 입적시키려고 했으나, 조순제는 끝내 최순제가 되지 않고 조순제가 되어, 박근혜가 이명박과 대선 경선이 붙었을 때, 문제가 되었던 녹취록을 폭로하구요."

"모전여전이라고, 최신실이 어머니 임선임이도 수완이 좋은 여자였던가 보지요?"

"임선임이는 학교라고는 근처에도 못 가보고 자기 이름 석 자나 겨우 쓸 줄 알았지만, 돈을 버는 모습에 주변 사람들이 놀랐다고 합니다. 처음에는 부산 광복동 시장 노점에서 양말 장사를 하다가 1956년 최신실이를 임신했을 때는 암달러장사를 했는데, 양말을 팔 때보다 더 많은 돈을 벌어들였다고 합니다. 최태민이는 가정을 등진 채 여전히 도를 닦는다며 떠돌아다녔고요."

"최태민의 사이비 종교 행각은 신흥종교 및 이단종교 연구가 탁명환 소장의 폭로로 저도 좀 알고 있는데, 어떻게 해서 영세교 교주였던 최태민이 목사가 되었습니까?"

"1975년이지요 아마…… 최태민은 영세교 활동을 중단하고 목사 안수를 받습니다. 대한예수교장로회 종합총회 총회장 전기영 목사에 따르면, 당시에는 돈 몇 푼 내고 목사 안수를 받는 경우가 부지기수였고 최태민도 그런 인물 중 하나였다고 합니다. 영세교주였던 최태민이 왜 목사가 되었는지는 알 수 없지만, 1973년 5월이든가요, 세계적인 대부흥사 빌리 그레이엄 목사가 방한해 대규모 전도 집회가 개최되었는데, 최태민이 이런 기독교의 교세를 이용할 의도였다는 설이 유력합니다.

그 후 최태민은 대한구국선교단을 만들고 스스로 총재에 오릅니다. 1972년 10월 유신 이후 진보적인 기독교계의 반발이 심상치 않았던 시절이지요. 많은 국민이 겉으로는 대놓고 내색은 못 해도 유신에 대한 반감이 컸을 때입니다. 이런 상황에서 최태민은 기독교에 반공과 호국정신을 더하여 포장하면 명분도 좋고 실리도 챙길 것이라고 생각했던 거지요. 박정희가 좋아할 만한 일이기도 하구요. 임진강에서 기독교인 2000명을 동원해 '구국기도회'를 개최했고, 즉석에서 박근혜를 구국선교단의 명예총재로 추대했습니다. 최태민은 보수세력을 중심으로 권력을 등에 업으려는 종교인들의 기도회인지 궐기대회인지 분간이 안 되는 군중집회를 벌이면서 세력을 확장시켜 나갔고, 그 중심에 박근혜를 세워놓은 겁니다.

그리고 한 달이 지나서 배재고등학교에서 대한구국십자군 창군식을 거행했습니다. 창군식에는 박근혜 명예총재가 참석해서 언론의 주목을 받았으며, 관련기사도 쏟아졌습니다. 언론에 실린 내용을 보면 대한구국십자군이 어떤 성격의 단체인지 잘 보여줍니다. 구국십자군 '총사령관'의 다짐 중에는 '사이비종교 일소'라는 코메디 같은 내용도 눈에 띕니다."

"구체적으로 어떤 내용인데요?"

"그 주요 내용은…… 대한구국선교단의 산하기관으로 창설되는 구국십자군은 20만 명을 대상으로 하는데, 목사를 분대장으로, 소년대, 중등대, 고등대, 청년대, 부녀대를 조직, 기독교 신자의 정신무장과 일단 유사시에 대비해 군사교육도 실시할 것이라고, 인천송월감리교회 소속의 총사령관 박장원 목사가 밝힙니다. 그러면서 박 목사는 구국십자군은 '선량한 교인을 우롱하는 전도관 등 사이비종교 일소', '퇴폐풍조 일소', '사회부조리 제거'에도 앞장 설 것이라고 다짐합니다.

대한구국선교단은 이후 대한구국봉사단을 거쳐 새마음봉사단으로 개칭된 뒤 박근혜가 총재로 취임합니다. 최태민은 명예총재를 맡아 박근혜의 곁을 지키면서, 권력을 등에 업고 온갖 비리를 다 저지르지요. 나중에 그 비리를 지켜보다 못해 당시 중앙정보부장이었던 김재규가 박정희한테 보고하게 되고, 박정희가 직접 최태민을 청와대로 불러들여 서재에서 친국을 하게 되지요."

"친국이라면 '임금이 직접 죄인을 심문'한다는 의미입니까?"

"그렇습니다. 최태민을 둘러싼 각종 이권 개입과 횡령, 사기 등 온갖 종류의 권력형 비리와 여자 스캔들이 들끓자 박정희 대통령이 이른바 '친국'을 하게 되지요. 박정희는 딸 근혜가 하는 일들이 정말로 문제가 되는지 당사자를 불러 직접 확인한 겁니다. 대통령 서재에서 진행된 친국에는 중정보국의 김재규 부장과 백광현 6국장이 동석했습니다. 박정희 대통령은 가당치가 않은 행위임을 알면서도, 자식 이기는 부모 없다고, 박근혜가 적극적으로 최태민을 옹호하자 이 일을 검찰 조사에 넘겼고, 그 바람에 두 사람을 떼어놓을 기회를 놓치고 맙니다.

이날 최태민과 나란히 앉아 '친국'에 참여했던 김재규는 그런 상황이 치욕스러웠을 겁니다. 실제로 10·26 뒤 재판을 받은 김재규는 '항소이유보충서'에 이런 진술을 포함해 '친국'에서 보여준 박정희의 태도에 실망한 것이 '10·26 혁명'의 동기라고 분명히 밝혔습니다. 최태민은 그 후 누구도 박근혜에게 다가가지 못하게 기를 쓰고 차단했고, 박근혜는 최태민의 그늘에서 안주하게 됩니다."

"아 그런 상황이었군요…… 김 교수님 기억력이 대단하신 건 아는데…… 그걸 어떻게 다 그렇게 줄줄이 꿰십니까? 옆에서 보신 것처럼."

김창훈 교수의 말을 주의 깊게 듣고 있던 박종규 교수가 찬탄한다.

"더 상세한 내용은 그 책에 다 나와 있습니다. 어디까지가 진실인지는 모르겠으나, 한번 일별할 필요는 있을 거 같습니다."

"그러네요. 최신실이는 그럼 언제부터 박근혜와 그렇게 찰떡궁합이 된 겁니까?"

"최태민이 지병인 만선신부전증으로 죽은 후 최신실이 최태민의 대역을 하게 된 거지요. 박정희가 죽고 나서 18년간 박근혜는 길고 지루한 겨울 잠을 자지요. 전두환 노태우로 이어지는 군사 정부 시절의 박근혜는 자신의 이미지가 실추되지 않기만을 바랍니다. 군사독재가 끝나고 문민정부가 시작되었을 때 최태민은 죽습니다. 정수장학회와 영남재단이 있었지만, 정치적 토대가 되어주기엔 분명히 한계가 있었습니다.

기회는 엉뚱한 곳에서 왔습니다. 정치적 기반이 미약했던 이회창이 박근혜를 필요로 했습니다. 박근혜는 이회창 지지를 선언하면서 정치에 발을 디딜 기회가 생겼습니다. 정당에 가입하고 선거에 출마할 명분도 얻었습니다. 박근혜가 선거 유세를 나가면 사람들이 몰려들었습니다. 그래서 박근혜는 고향인 대구에서 보궐선거에 출마해 당선이 되지요. 반쯤은 죽은 아버지의 후광 덕이었고 반은 여왕의 귀환을 기다리던 대구 시민의 염원 때문이라고 보면 되겠지요.

선거를 치르는데 필요한 돈은 걱정할 문제가 아니었습니다. 최태민은 죽었지만, 박근혜에게는 대를 이어 충성하는 최신실과 임선임이가 여전히 든든한 지원군이었습니다. 선거전이 시작되기도 전에 임선임이는 여행용 트렁크로 현금을 실어왔고, 박근혜는 그 돈이 어디에 얼마나 쓰이는지 관심을 가질 이유가 없었습니다. 한 표라도 더 받기 위해 길거리를 누비고 다니며 자신의 상징성과 이미지를 곱게 단장하는 일에만 집중하면 되었습니다. 박근혜의 유세장엔 방송사 중계차가 따라다녔습니다. 언론도 국민도 박근혜를 주목하였으나, 연설의 내용을 귀 기울여 듣는 사람도 없었고, 그저 벙어리가 아니라는 것만 증명해도 되는 판국이었습니다. 보궐선거에서 금배지를 단 박근혜는 뒤이은 6·4 지방선거와 7월 재보선 지원 유세에서 엄청난 청중동원력을 과시했습니다. '박근혜 신드롬, 그녀가 오면 선거는 이긴다'라는 제목으로 기사가 실리기도 했으니까요.

아무튼 최신실 게이트는 수십 년간 켜켜이 쌓인 부정과 부패, 그리고 비리가 본질이라고 보면 틀림없지요. 조순제는 이미 10년 전에 이 사태를 예견하면서, '박근혜는 도저히 대통령이라는 자리를 감당할 수 있는 인물이 아니다. 백 번, 천 번을 양보해서 대통령이 꼭 머리가 좋아야 하는 것이 아니라고 하더라도, 더 큰 문제는 그렇게 얻은 권력을 자신이 온전히 행사하지 못할 것이고, 박근혜가 대통령이 되면 온 나라가 신실이의 밥상이 되고, 박근혜는 신실이의 젓가락이 될 테니 장차 이 일을 어쩌면 좋겠냐?'고 섬뜩한 말도 했다고 합니다."

김창훈 교수는 말을 마치고 목이 타는지 앞에 놓인 맥주컵으로 손을 가져간다. 최정세 교수가 얼른 컵에 맥주를 부어준다.

"말씀하시느라고 수고가 많으셨습니다. 세월호 사건의 유병헌이도 그렇고, 사이비교주와 종교가 항상 문제군요…… 차암……."

"왜 아니겠어요. 우리 해직 교수 문제도 종교 재단의 학교에서 제일 많이 분규가 생기지 않습니까…… 종교, 뜨거운 감자지요."

"그나저나 속속 드러나는 최신실이의 국정농단의 실상을 보면 정말, '이게 나라냐?'는 탄식이 절로 나와요. 대통령의 연설문을 대필하거나 수정한 것이 언론에 언급된 것만도 44개라니, 조순제의 말대로 박근혜는 밥상 차려놓고 최신실의 젓가락 노릇만 한 게 아니냐구요!"

이기호 교수가 가세하여 분통을 터뜨린다.

"그뿐입니까? 눈 가리고 아웅 하던 문고리 삼인방, 비서실장 김길춘 등 최신실의 농단에 놀아나던 원흉들의 죄상이 속속 드러나고 있잖아요! 그 중에 참으로 한심한 건, 드러나고 있는 문화계의 블랙리스트 문건의 진상입니다. 최신실의 부당한 지시에 불응했다고 터무니없는 이유를 붙여 하루아침에 장관을 바꾸지를 않나…… 그 직접 피해자인 우리 예술인들 입장에서 보자면 정말 한심하고 기가 차서 말이 안 나옵니다!"

"말해 무엇 하겠어요, 교수님!"

이 교수 곁에 앉아 있던 여 명창이 청아한 음성에 노기를 띤다.

"이 정권의 신델라라고 하는, 바뀐 장관 조인선이가 김길춘이나 최신실의 꼭두각시 노릇을 할 수밖에 없었다고 하더라도, 차암, 아부도 급수가 있지, 명색이 문화부 장관인데 '대통령 각하, 요즘 드라마 중에는 이 드라마가 재미 있사옵나이다. 마마, 무료하실 때 보시옵소서.' 하고 통화를 했다는 말이 떠도는데 사실이라면 정말 기가 찰 노릇이지요!"

"오죽하면 정치에는 별 관심을 보이지 않던 20·30대들까지도 '최신실 사태는 전 국민을 상대로 한 사기극이다. 세상에 이런 나라가 어디 있냐. 역사를 바꾸는 현장에는 늘 학생들이 있었다. 우리가 바로잡자.'고 다투어 시위현장에 뛰어들겠어요. 유모차를 끌고 '아이에게 부끄럽지 않은 부모가 되기 위해 이 자리에 나왔다'고 하면서! 온 국민의 분노가 들끓고 있어요. 아직도 박근혜의 치마폭에서 기득권을 지키겠다는 한심한 골통 보수들 말고는!"

"암튼, 빨리 사태가 원만하게 수습되어야 할 텐데…… 국제 정세도 그렇고, 남북문제도 그렇고…… 어떤 사람은 지금 상황이 구한말과 비슷하게 돌아가고 있는 게 아니냐고 걱정하기도 하는데……."

맹석주 교수가 선량해 보이는 큰 눈에 근심을 담으면서 말끝을 흐린다. 강청도 마음이 무거워진다.

용주가 묻는다.

"교수님, 오늘 대전 내려가시지 않으시나요?"

최정세 교수와 박종규 교수가 무대 옆에 걸린 벽시계 쪽으로 시선을 가져간다.

"아, 벌써 열 시가 넘었네요. 저도 강남 터미널에서 청주 가는 막차를 타려면 일어나야겠네요."

"저는 서울 아들네 집에서 잘 끼는데, 회장님은 우예 하실랍니까?"

"아, 저요? 한참 만에 제자들을 만났으니까 어디 가서 차나 한 잔 하고 심야 우등고속으로 내려가든가, 여의치 않으면 모텔에서 잘까 합니다."

강청의 말에 김창훈 교수가 모임의 마무리 발언을 한다.

"그러면 오늘 자리는 여기서 마무리하겠습니다. 이기호 교수님, 더욱 발전하시고요, 시가연이 인사동의 또 하나의 명소로 번창하기를 기원합니다. 다음 전체 정기 모임은 규정대로 내년 오 월 첫 주 토요일에 익산에서 갖겠습니다. 회장님, 그리고 박 교수님 최 교수님, 바쁘신 데도 먼 길 올라오셔서 자리를 함께 해주셔서 감사합니다."

마지막으로 이기호 교수가 감사의 인사를 하는 것으로 오늘 축하 모임은 끝이 났다. 일행은 시가연 앞에서 인사를 나누고 헤어졌다. 강청은 다혜와 용주와 함께 천상병 시인의 부인이 운영했던 '귀천' 찻집 골목을 빠져나왔다. '귀천'이 그대로 영업을 계속한다면 그곳에서 담소를 나누자고 하겠지만, '귀천'이 세월의 뒤안길로 사라진 지는 한참 되었다.

광화문 쪽에서 간헐적으로 울리는 함성이 시월의 밤하늘을 마구 흔들어 놓고 있다. 인사동 쪽으로도 다수의 행진 행렬이 구호를 외치며 지나가고 있다.

"술은 그렇고, 어디 괜찮은 찻집이 없을까?"

강청이 어수선한 인사동 골목을 걸으며 묻자 다혜와 용주가 이구동성으로 한 찻집을 말한다.

"안국역 쪽으로 조금 올라가면 길가 오른쪽 이 층에 괜찮은 전통 찻집이 있어요."

"그리로 가시지요. 분위기도 괜찮고 쌍화차 맛이 일품이에요."

두 사람의 말대로 찻집은 아늑하고 고풍스런 분위기로 안정감을 주었다. 고서화와 골동품으로 장식된 실내는 조명도 신경을 써서 분위기에 어울리게 조도(照度)를 맞췄다. 세 사람은 안쪽 창가에 자리를 잡는다. 강청이 안쪽 의자에 앉고 다혜와 용주가 출입구를 등지고 나란히 마주 앉는다.

"무슨 차로 하시겠어요? 술 드셨으니까 쌍화차가 괜찮으실 거 같은데요…… 이 집 추천 상품이기도 하구요."

다혜가 강청 앞에 메뉴판을 펼쳐 보이며 묻는다.

"아까 용주도 쌍화차를 추천하지 않았어? 그 걸루 하지 뭘."

차를 주문하고 나서 용주가 강청더러 묻는다.

"요즘 어떻게 지내세요? 세종으로 이사하셨다면서 개들은 어떻게 하셨어요?"

"왔다 갔다 하면서 돌보고 있지. 암놈이 위장에 탈이 나서 약을 지어 먹였는데도 좀 시원치 않아."

"골드리트리버요?"

"음, 그놈도 나이는 어쩔 수 없는가봐."

"몇 년 됐는데요?"

"열두 살. 수놈은 열한 살이고."

"개의 평균수명이 십오 년이라니까 아직 몇 년은 더 살겠네요."

"개도 사람도 죽음에 선후배가 있나…… 하늘에서 출석 부르면 냉큼 대답하고 올라가야지. 대리대답도 안 되잖아."

이번에는 다혜가 묻는다.

"그러네요. 그런데 세종에서 살기는 괜찮으세요?"

"대만족이야. 생활의 편리함이나 주변 자연환경이…… 추천한 둘째며느리에게 감사하지. 언제 시간 나면 놀러 와. 차암, 용주는 직장을 그만 두고 지금은 신학교 준비만 하고 있는 거야?"

"뭐 특별히 준비할 게 있나요. 초심을 지키는 게 문제라면 문제지……."

"그렇기는 해. 가톨릭대학교는 사립 4년제지만 신부를 지망할 경우, 대학원 3년을 포함하여 7년 동안 신학과 신앙을 훈련받는 짧지 않은 과정이 있지. 그 과정으로 인해 대학원 졸업 후 입학생의 30퍼센트 정도만 서품을 받는다고 하고……게다가 영세 후 3년이 경과하지 않으면 3년이 경과할 때까지 사전 필수과정인 예비신학생 모임에 참가해야 하고."

"잘 알고 계시네요."

"잠간 가톨릭 재단의 여학교에서 근무했고, 마누라가 불교에서 천주교로 개종해서 아이들이 모두 어머니 따라 영세를 받았잖아."

"아, 그러세요?"

다혜가 눈을 동그랗게 뜨고 조금 놀란 표정을 짓는다.

"교수님도 동의하셨어요?"

"근본적인 진리는 하나 아닌가? 기독교도 가톨릭도, 성경의 말씀은 하나잖아. 인간들이 분파를 지었을 뿐……."

다혜가 조금 머뭇거리다가 이의를 제기한다.

"전 그렇지 않다고 생각해요. 천주교와 기독교는 많이 다르다고 생각해요. 특히 한국이…… 한국에서 '개신교'라고 하는 곳에서 사용하는 성경과 가톨릭교회의 성경은 총 권수부터가 다르잖아요. 교수님도 아시겠지만, 성경은 원래 처음부터 몇 권이라고 정해진 것이 아니고, 가톨릭교회에서 보관하고 정해온 문서잖아요? 4세기말에 가톨릭교회에서 성경을 정할 때 몇 가지의 기준이 있었잖아요? 그 기준은 대략, 가톨릭교회에서 예배드릴 때 낭독해왔던 것이어야 할 것, 사도 혹은 사도들의 후계자가 기록한 것일 것, 가톨릭교회의 교리에 어긋나거나 상충하지 말아야 할 것이지요. 서기 380년경에 당시 교황이었던 다마서스가 예로니모 성인에게 모든 성경을 라틴어로 번역하라고 명령하면서, 그 당시 로마제국의 땅이었던 북아프리카공의회의 결정을 참고삼아서, 그러한 기준에 맞는 문서들을 성경으로 정했는데, 신·구약 합쳐서 72권이 성경으로 정해진 것이지요."

"당시에 성경에 포함되지는 않았지만 많은 신자들에 의해서 애독되는 것들도 있었잖아. 이를테면 '하마스의 목자들', '열두 사도의 가르침', '베드로 복음', '토마스 복음' 등등…… 가톨릭교회에서 아예 제외해버린 '유다복음'도 있고. 또 최근에 많이 회자되는 '사회문서'니 '쿰란동굴 문서'니 하는 것들이 다 로마교회에서는 제외되었거나 알려지지 않은 문서들이 아닌가?"

"문제는요, 이렇게 가톨릭교회에서 성경의 정경으로 정해진 것이 1500여 년 동안 지켜져 왔는데, 루터와 같은 '프로테스탄트'들이 생기고 나서부터 이런 가톨릭교회의 결정에 반기를 들거나 엉뚱한 주장을 하는 사람들이 나타나기 시작한 것이지요.

사실 구텐베르크가 활자를 발명하기 전에는 신자는 물론 일반인들이 성경을 쉽게 접하고 읽을 수가 없었잖아요. 기껏해야 예배 시간에 3회에 걸쳐서 성경을 낭독하고 듣는 것이 거의 전부였죠. 당시만 해도 성경은 각자가 읽는 것이 아니라 성당에서 단체로 듣는 것이 전부인 줄 알았잖아요. 그래서 '믿음은 들음에서 난다'고 신약성경 어디엔가 쓰여 있지요. 그런데 한국의 개신교는 이 구절을 마치 자기들 스승이라는 목사의 설교를 들어야 믿음이 생기고 더 깊어진다는 의미로 오해하고 있는 거 같아요. 아무튼, 최초의 프로테스탄트였던 마르틴 루터는 성경을 독일어로 번역하는 등 많은 노력과 연구를 했지만, '구원은 행위와 관계없이 오직 믿음으로' 얻는다는 '로마서'의 구절에 심취하여, 그대로 믿고 싶은 나머지, '행함이 없는 믿음은 죽은 믿음과 같다'는 문구가 나오는 '야고보서'를 신약성경에서 제외해버리는 만용을 부리기도 했구요.

그 이후 프로테스탄트들은 모든 것에서 가톨릭교회를 따르지 않는 방향으로 나아갔죠. 그리고 나름대로 성경을 정하면서, 구약성경은 히브리어로만 쓰인 것을 받아들이기로 하면서, 구약 39권, 신약 27권, 모두 66권이 된 거예요."

"찬송가도 다르지 않아?"

강청의 물음에 이번에는 용주가 대답한다.

"다르지요. 원래 찬송 찬미는 가톨릭교회에서 예배 중에 드리는 영광송 등이 그 시초예요. 예배를 시작하면서 자신의 죄를 용서해달라고 성인과 천사들에게 간구하고 나서 삼위일체이신 하느님을 찬송하는 영광송을 드리는 게 그 다음 예배순서입니다. '하늘 높은 곳에는 하느님께 영광, 땅에서는 마음이 착한 이에게 평화'로 이어지는 노래가 그것입니다. 그밖에 몇 가지 성가가 불리는데, 그레고리안 성가가 사실은 모든 찬송찬미가를 좀 더 음악적으로 배가시킨 것이고 이 그레고리안창법이 오늘날 모든 음악의 기반이 되었어요. 그런데 16세기 프로테스탄트가 시작된 이후로 찬송가도 달라지기 시작했어요. 그러나 이미 유럽과 미주에서는 교파 구분 없이 하느님 찬양에 도움이 되는 음악과 노래는 서로 공유하고 같이 사용하는 방법으로 나아가고 있어요."

다혜가 용주의 말에 꼬리를 단다.

"하지만 같은 교파라 하더라도 나라와 지역마다 정해진 찬송가가 다릅니다. 천주교도 한국천주교의 성가와 미국가톨릭의 성가가 달라요. 한국천주교의 찬송가는 엄숙한 맛도 있지만, 너무 축 쳐지는 곡이 많습니다. 얼마 전에 어느 천주교 신부님이 개신교의 찬송가를 칭찬하면서 '우리 처~언주교는 우울컨셉이다'라는 막말을 하기도 하더군요. 하지만 제가 듣다 보니, 한국의 개신교 찬송가 가운데는, 무슨 다단계회사에서 사기를 돋우기 위한 군대행진곡풍의 호전적인 분위기를 내는 찬송가도 있더라구요. 그런 걸 크게 틀어놓고 '부산 어느 구에 무슨 무슨 절이 있는데 무너지게 하여 쭈시옵소서' 한다고, 인터넷에 누리군의 비판 글도 올라 있더라구요. 그런 찬양을 하느님이 좋아하실까요?"

"설익은 신앙의 독선이지. 길을 잃고 헤매는 나그네에게는 길만 알려주면 되는 거 아닌가. 그 길을 따라서 가고 안 가고는 나그네가 알아서 할 일이고. 석가도 그렇게 가르쳤지. 아무리해도 어찌할 수 없는 중생은 네가 할 몫이 아니니 그대로 놔두라고. 용주가 개신교신학교가 아니라 가톨릭신학교를 선택한 것처럼…… 설사…… 신앙관보다도 연주 때문에 그렇다고 하……"

강청은 무심결에 연주의 이름을 입술에 올리고 나서 아차 싶어, 입을 다문다. 아니나 다를까, 용주의 눈동자에 일순 고뇌의 어두운 그림자가 스친다. 용주는 그러나 곧 평정심을 찾고 강청을 바라본다.

"연주 때문에 사제의 길을 택한 게 아니냐는 말씀을 하려고 하셨나요?"

"……그냥…… 무심결에 연주 이름이…… 용주가 사제가 되는데 따르는 고뇌를 생각하다 보니…… 아무래도 연주의 실종을 확인하기는 어려운 것 같고…… 해서…… 이제 감정의 여과가 될 만큼 시간이 많이 흘렀으니…… 좀 더 냉정하게 실상을 바라봐야 하는 게 아닌가 하는 생각도 들고……."

용주의 얼굴이 갑자기 일그러진다.

"교수님 말씀이 꼭…… 기무사나 국정원 요원들이 세월호 유족들을 회유하는 말처럼 들리네요."

"그들이…… 유족들을 회유하나?"

"회유뿐인가요. 감시하고 은근히 으름장을 놓기도 하지요."

"시국이 지금 이렇게 돌아가고 있는데도?"

"그러니까 더하지요. 베일에 가린 박근혜의 일곱 시간의 행적과 실정을 호도하기 위해서 안간힘을 하는 거죠. 절대로 용서받을 수도, 용서해서도 안 되는 정권이에요!"

"으, 음…… 걱정 돼…… 지금 나라 안팎으로 돌아가는 상황이……."

"그렇기는 해요. 계엄령과 쿠데타 설도 흘러나오고 있어요!"

"뭐라고? 대한민국이 어떤 나라가 됐는데 그런 망상을……!"

"하고도 남지요. 지금 박근혜를 보좌하고 있는 인물들이 비서실장 김기춘이를 비롯해서 아버지, 박정희 정권 때의 불판 그대로잖아요! 무엇보다도 이번 국정농단 촛불집회로 세월호 문제가 관심 밖으로 많이 물러나 있는데 이러다가 흐지부지 흘러가는 것이나 아닌지…… 그래도 끝까지 진실을 파헤쳐야지요!"

"그보다 먼저……."

강청은 운을 떼어 놓고 할 말을 가다듬는다.

"……연주가 우리들의 가슴 속에서 아름답게 부활하는 것이 더 중요하지 않을까 하는데……."

"어떻게요?"

"……그건…… 각자 생각 나름이겠지만…… 이제 비통의 끈을 놓고 연주가 좋아할 일을 열심히 하면서 살다가, 연주 말대로, 연주가 이사 간 동네로 가서 '네가 못 다한 몫까지 이승에서 잘 아름답게 마무리하고 왔다'고 말할 수 있는 삶을 사는 것이 아닐까……."

"그 삶은 어떤 삶인데요?"

"글쎄…… 연주의 입장에서 보면…… 용주가 굳이 사제가 되어 평생 연주의 영혼을 위무해 주는 일로 생을 마감하는 걸 기뻐할까 의문이 들기도 하고……."

강청은 말끝을 흐리며 용주의 표정을 살핀다. 다혜도 조금 긴장하는 표정으로 용주를 빤히 바라본다. 용주는 즉답을 피하고 잠시 착잡한 얼굴로 창 쪽으로 시선을 돌린다.

"아직 시간이 있으니까…… 한 번 더 숙고를…… 해보는 게……."

다혜가 얼른 강청의 말을 받는다.

"그래요. 연주도 그걸 원할 거 같아요. 용주 오빠가 더 숙고해보기를……."

용주가 말없이 허공만 주시하고 있자 다혜가 핸드폰을 꺼내 시간을 확인한다.

"교수님, 오늘 대전 내려가시자면 서두르셔야 할 것 같은데요. 저희들은 집이 서울이니까 아직 시간이 있지만."

"그러지. 아쉽지만 오늘은 여기서 헤어지자고…… 시간 내서 둘이 꼭 세종으로 와. 예배당도 근사한 곳이 많이 생겼어. 거기서 정식으로 거룩하게 부흥회를 열자고. 산 자들은 또 산 자들대로 살아가야 하니까."

강청은 자리를 털고 일어난다. 다혜도 뒤따라 일어선다. 그제야 용주가 심각한 얼굴로 한마디 툭 던진다.

"저한테는, 그렇게, 간단한 문제가 아닙니다. 많은 생각 끝에 내린 결정이고요!"

2

한용이가 마지막 삽질을 끝내자 갈참나무 밑에 조그만 무덤이 만들어졌다. 개들과 함께 뒷산을 오르던 숲속의 집 뒷길, 양지 바른 둔덕이다.

주인여자가 하니의 죽음을 알려온 것은 이른 아침이었다. 여섯 시가 조금 못 되는 시각에 거실에 놓아둔 핸드폰이 길게 울렸다. 세면실에 있다가 황급히 거실로 나가 핸드폰을 집어 귀에 대고 "여보세요." 하고 받자, 주인여자의 착 갈앉은 음성이 느릿느릿 기어 나왔다.

"놀라지 마세요, 교수님…… 하니가…… 죽었어요. 엊저녁에 집에 늦게 들어와서 뒤꼍에 나갔다가, 하니가 개집 철망에다 코를 박고 밖을 향해 미동도 않고 엎드려 있는 걸 보고서, 아침에 이상한 생각이 들어서 나와 봤더니…… 죽어 있네요. 교수님이 며칠 째 안 오시니까 교수님을 기다리다가 입구 쪽을 바라보면서 죽은 거 같아요."

강청은 묘하게 감정이 흔들렸다. 마치 친족의 부음을 전해 듣기나 한 것처럼. 알 수 없는 회한이 전신을 훑고 지나갔다. 혼자서 하니를 수습해서 묻기에는 어려움이 있을 것 같아서 한용이한테 도움을 청했더니 애석해하며 도와주겠다고 했다. 강청이 차를 몰고 부랴부랴 숲속의 집으로 왔더니, 한용이가 수습할 마포를 준비해 놓고 기다리고 있었다.

"이만하면 됐잖어유? 개 무덤치구넌 봉분두 크구유……."

한용이가 마지막 마무리를 하고 나서 강청을 바라본다.

"수고했어요, 임 사장!"

"뭘유…… 지 맘두 이르캐 좋지 않은디 교수님 맘은 더 거시기 하시것네유…… 바우두 얼이 빠져 있네유. 저 눈동자 좀 보셔유…… 기가 팍 죽어서 맥이 하나두 읍잖어유."

한용이가 무덤에서 십여 미터 떨어진 고사목 등걸에 매어놓은 바우를 바라본다. 아닌 게 아니라 불안하고 실심한 기색이 역력하다. 강청이 한용이더러 무엇 하러 바우를 끌고 와서 하니를 묻는 것을 보게 하느냐고 하자 "아녀유. 아무리 짐승이래두 지 마누라가 죽었는디 장례에는 참여시켜야지유, 저것들이 금슬이 얼매나 좋았어유." 하고 부득부득 바우를 고사목 등걸에 매어놓았다.

"그래두 호상이네유. 개 나이 열두 살이면, 사람 나이루다 치면 구십은 되는 거 아녀유? 그르키는 해두 그르캐 빨리 죽을언 몰랐네유. 아무리 식중독이래두 병원두 가구 약두 멕였는디……."

한용이 말대로 하니가 계속 토하고 설사를 해서 읍내 동물 병원에 데리고 갔더니 상한 음식을 먹은 것 같다고 했다. 원룸 식구 가운데 누군가가 냉장고에 오래 두어 상한 음식을 준 것 같았다. 바우는 진도견의 습성대로 아무 음식이나 먹지 않고 제 양 만큼만 먹는데, 하니는 위장도 약한데다가 식탐이 많았다.

강청은 말없이 하니의 무덤을 바라본다. 바람이 불 때마다 봉긋한 봉분 위로 낙엽이 쏴아, 소리를 내며 내려앉는다. 시월도 지나 십일 월 초다. 활엽수들은 거의 다 옷을 벗어가고 있다. 개 두 마리를 데리고 전전하

던 지난 세월이 흩 불리는 가랑잎 위에 회한으로 얹힌다. 울컥 치밀어 오
르는 감정을 다독이며 가만히 입속말로 웅얼거린다.

만산홍엽이
질긴 인연의 옷을 벗는 아침
더 질긴 업의 멍에를 벗었구나

아픈 세월과 함께
너를 묻는다

다시는 이승에 오지 말거라
천상을 지키는
아름다운 음률로나 떠돌거라

강청은 어금니를 지그시 물고 하니의 무덤을 한참 바라보다가 한용이에
게로 시선을 옮긴다.

"임 사장, 내려가지. 평토제(平土祭)는 오산식당에서 지내자구. 해장이나
하면서. 식당 문 열었겠지?"

"그럼유. 아침 식사하러 오는 일꾼들이 있으니깨유."

"아침에 할 일은 없나?"

"읎서유. 이따가 오후에 황 사장님 축사 고치는 거나 좀 거들어주면 돼
유."

138

"출근은 안 하고?"

"사장하구 뜻이 안 맞어서, 며칠 쉬면서 다른 회사를 얘기하구 있는 중
여유."

"왜? 무슨 일이 있었나?"

"배달처에 하역작업까지 하라는디 말이 안 되지유. 한 트럭 되는 짐을
원제 내려주구 와유…… 다른 운송회사서두 하역은 다 짐을 받는 디서
알어서 하는디유…… 사장이 지 욕심만 채리구…… 시쳇말루다 소통이
안 되는 거여유!"

"그런 일이 있었구먼. 빨리 일자리가 나와야 할 텐데……."

"오라는 디는 많어유. 그때그때 형편 따라서 탕 수 대루 뛰구 일당을 받
는 직업이니깨유. 그러지 않어두 피곤해서 며칠 쉬어야 쓰것다, 하던 참였
어유. 내려가시지유. 바우는 이따가 데려가구유."

"왜, 바우를……."

"마지막 가는 길인디…… 즈들두 할 말이 있을 거 아녀유. 금슬이 안 좋
았다면 모를까……."

한용이가 삽을 챙겨들고 바우를 바라보며 한마디 한다.

"내 말이 맞지? 내가 니 놈 속을 다 알어, 이눔아……. 어차피 혼자 왔
다가 혼자 가는 거여…… 용빼는 재주 읎는 거여. 알것냐? 이따 와서 데
려갈 팅게, 하니한티 서운하게 해 준 게 있으면 다 풀어서 보내라. 알것
지?"

연장을 챙겨들고 걸음을 떼어놓자, 바우가 말을 알아 듣기라도 하는지

불안한 기색으로 컹컹, 짖어댄다.

한용이 말대로 오산식당 홀에는 벌써 아침 식사를 하러 온 일군들이 몇 명 음식을 먹고 있다. 강청과 한용이가 홀 안으로 들어서자 일군들에게 식사를 챙겨주고 있던 봉순이가 반색을 한다.

"웬일들이셔, 아침 일찍? 식사를 하러 오신 겨?"

한용이가 홀을 지나 안방 쪽으로 걸음을 옮기면서 봉순이의 말을 받는다.

"술부팀 먼저 줘. 방에 사람 없지?"

"없어. 왜? 조용히 상의할 일이래두 생긴 겨?"

"아녀. 지금 교수님, 농담할 기분 아니싱개…… 대충 혀!"

"왜 또…… 뭔 일 났어?"

"하니가 죽었어."

"하니? 암캐?"

"그려. 바우 각시…… 지금 뒷산에다 묻구 내려오는 겨."

"어쩌다가…… 그럼 상중이시네…… 교수님 맴이 맴이 아니시겠네…… 안으로 들어가세요. 술이랑 안주 챙겨가지고 바로 문상하러 들어갈 테니까요."

안방으로 들어가서 자리를 잡고 앉자 봉순이가 곧 밑반찬 몇 가지에다 술상을 보아가지고 들어왔다. 봉순이가 반찬을 상에다 늘어놓고 맥주잔을 집어 강청 앞으로 내밀면서 싱긋 웃는다. 언제보아도 보조개가 패는 얼굴은 화사하다. 연보랏빛 스웨터가 잘 어울린다.

"얼른 속 푸셔. 복두 많은 개들이지 뭐. 주인이 장례식까지 치러주고. 그만큼 오래 살았으면 원두 없을 거구……."

"맞어! 호상언 호상인 겨…… 어뜨캐 생각하면 교수님두 한 짐 벗으신 거구. 어서 한잔 올려. 쏘맥으루 하실 거지유?"

한용이가 소주병을 들고 묻는다.

"뭘 물어봐. 언제 뇌관 안 박은 맥주 드시는 거 봤어? 어서 소주나 따러."

강청은 봉순이가 따라주는 잔을 받는다.

"봉순네도 같이 한잔 하지?"

"일군들이 조금 있으면 빠져나가요. 짬을 봐서 들어올게요. 그런데…… 사모님한테 부고는 냈남요?"

"부우, 고오……?"

강청이 입가에 비틀린 미소를 매달자 한용이가 봉순이를 핀잔한다.

"뭔 귀신 씻나락 까먹넌 소리여! 시방 교수님 오장 뒤집어놓자는 겨?"

"사모님이 데려온 개라면서…… 지난번에 손주들이랑 둘째 아들네랑 개를 보러도 왔었구……."

"사모님이…… 개를 보러 왔었다구?"

"그게 오월이던가, 유월이던가…… 주방에서 일을 하다가 원룸 앞마당에서 애들 떠드는 소리가 나서 창문 너머로 넘겨다봤지! 아들 며느리도 훌륭하고오, 손자 손녀도 예쁘게 잘 낳아 놨더구만…… 사모님도 그 연세에…… 젊고 교양이 있어 보이셨고……."

"그려? 그래두 뭔 존 일이라구 식전부텀…… 사람이 죽은 것두 아닌디."

"애들도 개를 엄청나게 좋아하더라고…… 과자봉지를 들고 서서 즈덜은 하나도 안 먹고 죄다 개한테 주더라니까."

그랬다. 다섯 살 난 손자와 일곱 살짜리 손녀는 개들을 유별나게 좋아했다. 손녀는 머리도 영리하고 주인 말에 절대적으로 순종하는 암캐 하니를 좋아하는데 손자는 사내 녀석이라 그런지 수캐 바우를 더 좋아했다. 덩치가 크고 늠름하게 생긴 바우가 목줄을 잡아끄는 대로 고분고분 따라오는 것이 신기한 모양이었다. 손자는 시도 때도 없이 바우가 생각나면 바우를 보러 가자고 떼를 쓴다고 했다. 그날도 주말에 식구들이 모여 외식을 하다가 손자가 느닷없이 바우를 보고 싶다고 막무가내로 떼를 써서 조치원으로 오게 된 거였다. 아내는 마음이 내키지 않는 눈치였다. 아니, 노골적으로 개를 보고 싶지 않다고 했다. 강청은 아내의 심경을 헤아릴 수 있을 것 같았다. 개를 보면 가정이 풍비박산했던 어두운 지난 시간과 함께 십 년 가까이 비정하게 물리쳤던 개에 대한 애증이 회한으로 되살아날 게 분명했다. 암울한 기억의 터널 속으로 들어가고 싶지 않은 심경은 강청도 매한가지였다. 그와 아내 사이에 생긴 불화와 상처의 강을 되돌아 건너지 말자고, 이제는 모든 것을 놓아버리고, 훌훌 털어버리고, 추한 뒷모습을 보이지 말고 황혼이 물들기 시작하는 저 피안의 언덕을 홀연히 넘어가자고 다짐하고 또 다짐한 그였다. 그러나 그 다짐은 "할아버지는 왜 혼자 살아요? 왜 할머니하고 같이 살면 안 돼? 식구끼리 같이 살면 안 돼? 할아버지하구 같이 살고 싶어요. 할아버지가 나를 우주보다 더 사랑하는 것처럼 나도 할아버지를 우주보다 더 사랑한단 말예요." 하는 손녀의 끊임없는 추궁이, 자신의 정처를 다시 점검해보게 했다.

　가족이란 무엇인가. 부부란 무엇인가. 실존의 그물코에 걸려나오는 그러한 물음은 '나라는 것은 아무리 외물(外物)을 부정해도 결국은 귀속의 관계 속에 존재할 수밖에 없는 개체가 아닌가'라는 자성과 함께 '과거는 현재를 위하여 위치하지, 불합리한 현실을 되돌리기 위해 남겨진 것은 아니지 않은가'라고 자문하게 되었다. 그러면서 손녀가 이끄는 대로 한발 한발 가족이라는 울안으로 끌려들어갔다. 그러나 오랜 동안 상처 입고 홀로 독자적인 삶의 레이스를 달려온 그가 이인삼각(二人三脚)으로 아내와 한 레이스를 달리자니, 호흡조절이 쉽지 않았다. 인습으로부터 과단성 있게 결별하고 자아를 일으켜 세우는 것, 이는 실존을 위하여 인간이 목숨을 걸어야 할 의롭고도 지당한 길이다,라는 그의 사고는 인고의 세월 동안 더욱 굳어져, 부부라는 인습에 구태여 자신을 종속시키고 싶지 않았다. 자꾸만 '칼릴 지브란'의 결혼에 대한 시구가 머릿속에서 맴돌았다. '아, 그대들은 함께 있으리라. 신의 기억 속에서까지도. 허나 그대들의 공존에는 거리를 두라. 천공의 바람이 그대들 사이에서 춤추도록. 서로 사랑하라, 허나 사랑에 속박되지는 말라. 차라리 그대들 영혼의 기슭 사이엔 출렁이는 바다를 놓아두라. 함께 노래하고 춤추며 즐거워하되, 그대들 각자는 고독하게 하라. 비록 하나의 음악을 울릴지라도 외로운 기타 줄처럼. 참나무, 사이프러스나무도 서로의 그늘 속에선 자랄 수 없다.'

　"잘된 일이구먼유. 인자 아주 사모님하구 합치시지유."

한용이가 강청의 눈치를 살피며 하는 말에 봉순이가 핀잔한다.

"어련히 알아서 하실라구…… 어서 술이나 따라 드려. 그런데…… 식사는 그냥 백반으로 할까요? 마침 오늘은 국이 동태탕인데…… 그걸로 술국을 하셔도 되구."

"그려. 그거면 되것네. 먹다가 필요하면 더 시키구."

"알았어. 얼른 챙겨 가지고 올게."

봉순이가 나가고 한참 있다가 한용이가 머뭇거리면서 말을 꺼낸다.

"교수님 생각이 어떠실넌지 모르것는디유…… 바우를…… 잘 돌봐줄 디루 보내면 안 될라나유? 지가 바우하구 하니 얘기를 했더니 전의서 농장을 크게 하넌 친구가유, 보내면 잘 키우것다구 하는디유. 전의면 여기서 멀지두 않잖유. 교수님이 가끔 가 보실 수도 있구유…… 어떠셔유? 교수님이 개 때매 너무 오래 마음고생을 하시는 게 안 돼서 그래유. 인자 하니두 제 명대루 살만치 살다가 갔구, 바우도 친구네 농장에 진도견 암캐가 있으니깨 뭐시냐…… 의지가 될 거 아녀유?"

느닷없는 한용이의 제안에 강청은 피식 웃는다.

"왜? 무덤에 흙도 안 말랐는데 바우 새장가 드리고 싶어서 그래?"

"바우두 외로울 거 아녀유…… 그것들이 금슬이 얼매나 좋았어유…… 짐승이래두 바우넌 영리하니깨, 더 외로움을 안 타것서유?"

"그럼 하니는…… 안 서운할까?"

"……안 된다넌 말씀이시구먼유?"

"그 동안의 세월이 얼만데…… 그럴 거면 벌써 조치를 했지…… 오는 자막지 말고, 가는 자 붙잡지 않는 게 인연법인데, 맺은 인연을 제 편의대로 매몰차게 끊는 건 좀 그렇지 않은가……."

"무슨 말씀이신지 알것서유. 교수님이 어떤 분이시라는 걸 잘 알면서두 지가……."

"자, 수고했어. 잔이나 받아."

"교수님의 진실을 아는 사람들은 교수님을 절대루 못 떠날 거구면유. 아마 사모님두 똑같은 마음이실 거구유."

"쓰잘 데 없는 소리는…… 그런데 봉순이 어머님이 안 보이시는 거 같아. 어디 바깥일을 보러 가셨나……."

"글쎄유…… 어디 기시것지유 뭐……."

한용이와 이 얘기 저 얘기 잡다한 얘기를 주고받으며 대작을 하고 있는데 봉순이가 식사준비를 해가지고 들어온다. 동태탕이랑 멸치조림 같은 반찬을 몇 가지 더 챙겨 가지고 왔다. 봉순이가 챙겨온 찬이랑 밥을 상에다 올려놓으며 한숨을 쉬며 푸념을 한다.

"엄니가 없으니까 더 정신을 못 차리겠구면. 이 장사는 나 혼자서는 못해. 차라리 산으로 들어가 점 봐주고 신 굿이나 하는 게 낫지."

"뭔 소리여, 그게? 산으루 들어가서 신 굿을 한다니…… 엄니가 어떻게 되신 겨?"

"몰라…… 폐암이래. 자꾸 숨을 헐떡거리고 가슴이 아프다고 해서 병원에 갔더니 폐암 3기라나 어떻다나……."

"3기면 어떻다는 겨?"

"보통은 일 년 넘기기가 어렵고…… 5년 이상 버티는 사람은 열 사람 중에 한 사람도 안 된대."

"그럼 5년 이상 살 확률이 십 프로두 안 된다던 얘기네…… 거 참…… 왜 그렇게까장 되도록 몰랐댜…… 하기사 폐암은 초기 발견이 어렵구, 그걸 알었을 때넌 이미 늦었다구들 하기는 하더만서두…… 보통 일이 아니네!"

"담배를 좀 많이 피셔! 거기두 담배 좀 작작 피워, 오래 살라면!"

"아녀, 나는 그냥 뼈끔 담배여. 봉순이가 불편하다면 봉순이 앞에서는 안 피우지 뭐."

"말하는 것 좀 봐! 나 위해서 끊남, 자기 건강 생각해서 끊으라는 거지!"

"그려…… 요새 담배 피넌 사람, 어디 가서 제대루 설 자리두 없기넌 햐. 그나 저나 걱정이네."

한용이가 제 일처럼 어두운 낯빛을 하며 한숨을 길게 내쉰다. 강청도 걱정을 하며 봉순이를 위로한다.

"3기라면 거의 말기라는 얘긴데…… 항암 치료와 방사선 치료를 받자면 연세도 있구 견뎌내기가 쉽지 않으실 텐데……."

"치료를 제대로 받을 형편이나 되나요. 당장 목구멍 풀칠하기도 어려운데…… 어디 공기 좋은 데나 가서 요양이나 하면 모를까…… 말기 환자들은 기독교 요양원이나 전라도 어디 편백나무 숲으로 많이들 간다고 하데요. 그래서 계룡산 어디, 밭이나 부처 먹을 마땅한 기도터가 있으면 들어가서 굿 당이나 할까 생각 중예요. 잘만 되면 살기도 이 짓 하는 거보다

낫구요."

"아직도 굿 하는 사람이 그렇게 많은가?"

"그럼요. 소문만 나 봐요. 국회의원 장관들도 쉬쉬 하면서 찾아오는 데요 뭘. 그 중에는 예수꾼도 있어요. 알고 보면 예수도 큰 무당 아닌가요. 신을 크게 받은……."

강청은 문득, 해직 되어 고통을 받던 중에, 어느 지방 국립대학공채에 권유를 받고 응시했을 때, 아내가 영험이 있다는 절에 열심히 새벽 기도를 다녔던 기억이 떠오른다.

한용이가 깊은 생각에 잠기는 눈빛이다가 머뭇머뭇 말을 꺼낸다.

"가만 있어 봐…… 나두 모아 놓은 돈이 쬐끔 있응개, 어디 공기 좋은 산비탈 밭을 사서 염소를 몇 백 마리 키울까 생각 중여 …… 수입두 짭짤하구, 나이 먹어서 할 일은 그거밲이 읎다 싶어서 말여……."

"꼭 같이 살자는 소리처럼 들리네. 신경 꺼…… 말은 고맙지만…… 어디 연분이란 게……."

"연분이 따로 있나…… 정 들고 사랑하게 되면 연분이지……."

강청이 두 사람의 대화에 끼어드는데, 밖에서 일꾼들이 식사를 하고 나가면서 방 안을 향해 소리친다.

"사장님! 우리 그냥 가요! 장부에다 달아놓으세요!"

"알았어요! 나갈게요!"

봉순이가 대답하고 급히 방을 나가며 언성을 높인다.

"교수니임, 저는 천상의 여자라니까요! 몇 번 말했잖아요!"

3

"지금부터 2016헌나1, 대통령 박근혜 탄핵사건에 대한 선고를 시작하
겠습니다."

재판장은 굳은 표정으로, 그러나 감정의 동요 없이 침착하게 판결 선고
문을 읽어 내려간다.

"선고에 앞서 이 사건의 진행경과에 관하여 말씀드리겠습니다. 저희 재
판관들은 지난 90여 일 동안 이 사건을 공정하고 신속하게 해결하기 위
하여 온 힘을 다하여왔습니다. 지금까지 대한민국 국민들께서도 많은 번
민과 고뇌의 시간을 보내셨으리라 생각합니다.

저희 재판관들은 이 사건이 재판소에 접수된 지난 해 12월 9일 이후 오
늘까지 휴일을 제외한 60여 일간 매일 재판관 평의를 진행하였습니다. 재
판과정 중 모든 진행 및 결정에 재판관 전원의 논의를 거치지 않은 사항
은 없습니다."

오십대의 여자 재판장은 잠시 호흡을 멈추었다가 다음 말을 이어간다.
텔레비전 화면을 주시하던 강청도 조금 긴장이 되어 침을 꿀꺽 삼킨다.

"저희는 그 간 3차례의 준비기일과 17차례에 걸친 변론기일을 열어 청
구인 측 증거인 갑 제174호증에 이르는 서증과 열두 명의 증인, 5건의 문
서송부촉탁결정 및 1건의 사실조회 결정, 피청구인 측 증거인 을 제60호
증에 이르는 서증과 열일곱 명의 증인(안종범 중복하면 17명), 6건의 문서송부

148

촉탁결정 및 68건의 사실조회결정을 통한 증거조사를 하였으며 소추위원과 양쪽 대리인들의 변론을 경청하였습니다. 증거 조사된 자료는 48,000여 쪽에 달하며, 당사자 이외의 분들이 제출한 탄원서 등의 자료들이 40박스의 분량에 이릅니다.

대한민국 국민 모두가 아시다시피, 헌법은 대통령을 포함한 모든 국가기관의 존립근거이고, 국민은 그러한 헌법을 만들어 내는 힘의 원천입니다. 재판부는 이 점을 깊이 인식하면서, 역사의 법정 앞에 서게 된 당사자의 심정으로 이 선고에 임하려 합니다."

재판장은 또 잠시 호흡을 끊었다가 말을 잇는다.

"저희 재판부는 국민들로부터 부여받은 권한에 따라 이루어지는 오늘의 선고로, 더 이상의 국론분열과 혼란이 종식되기를 바랍니다. 또한, 어떤 경우에도 법치주의는 흔들려서는 안 될 우리 모두가 함께 지켜 가야할 가치라고 생각합니다.

지금부터 선고를 시작하겠습니다.

먼저, 이 사건 탄핵소추안의 가결절차에 관련하여 흠결이 있는지 살펴보겠습니다."

재판장은 소추의결서에 기재된 소추사실이 구체적으로 특정되지 아니하였다는 점, 탄핵소추안을 의결할 당시 국회 법사위의 조사도 없이 공소장과 신문기사 정도만 증거로 제시되었다는 점 등등 변호인 측이 주장하는 위법성에 대해 하나하나 법리적 논거를 제시하며 판결의 정당성을 입증해 나간다. 강청은 텔레비전을 주시하던 시선을 거실 창밖으로 옮긴다.

아파트 칠 층에서 바라보는 하늘은 맑다. 봄이 기지개를 켜고 잠자던 생명을 일으켜 세우는 삼월 십일, 해빙의 얼음덩이처럼 여기 저기 흩어져 흘러가고 있는 흰 구름 사이로 햇살이 당사실처럼 풀리고 있다. 그러나 맹위를 떨치던 혹독한 추위가 아주 물러난 것은 아니다. 지난겨울은 참 유난히도 추웠다. 해를 넘겨 일월로 접어들자 추위는 더욱 맹위를 떨쳤다. 촛불집회는 예상과는 달리 맹추위에도 불구하고 가열하게 계속되었다.

지난해 10월 24일 JTBC가 최신실의 태블릿 PC를 입수해 최 씨의 국정개입의 실체가 드러난 '박근혜-최신실 게이트' 사건은 20회의 촛불집회와 3번의 대통령 담화로 이어졌다. 박 대통령은 1차 대국민 담화에서 "일부 연설문과 홍보물 표현에 도움을 받았을 뿐"이라고 해명했지만 관련 의혹이 이어지면서 그 주 주말 3만 명의 시민이 촛불을 들었다. 박 대통령은 2차 대국민담화에서는 "내가 이러려고 대통령을 했나 하는 자괴감이 들 정도로 괴롭기만 하다"고 심경을 토로했지만, 이튿날 열린 촛불집회에서는 20여만 명의 시민이 광장에 나와 박 대통령의 퇴진을 외치기 시작했다. 이후 촛불집회는 매주 이어져 같은 달 26일 5차 촛불집회에는 190여만 명의 시민이 청와대를 에워쌌다. 박 대통령은 같은 달 29일 국회에서 자신의 임기 단축을 논의해 달라고 했지만 여당 내 내분을 노린 '정치적 꼼수'라는 지적이 나왔고, 결국 지난해 12월 3일 전국 232만 명이라는 사상 최대의 촛불인파가 박 대통령의 탄핵을 요구하자, 정치권은 234대 56이라는 압도적인 표차로 탄핵을 가결하기에 이르렀다.

강청은 다시 시선을 텔레비전 화면으로 옮긴다.

"그렇다면 국회의 탄핵소추가결 절차에 헌법이나 법률을 위배한 위법이 없으며, 다른 적법요건으로 어떠한 흠결도 없습니다."

재판장은 국회의 탄핵소추가결이 정당하였음을 천명하고 논고를 이어간다.

"이제 탄핵사유에 관하여 살펴보겠습니다. 우선 탄핵사유별로 피청구인의 직무집행에 있어 헌법이나 법률을 위배하였는지 살펴보겠습니다."

재판장은 먼저 공무원 임면권을 남용하여 직업공무원제도의 본질을 침해하였다는 점과 언론의 자유를 침해하였다는 점은 탄핵 사유가 되지 않는다는 것을 밝히고, 세월호사건에 대하여 언급한다.

"다음 세월호사건에 관한 생명권 보호의무와 직책성실의무 위반의 점에 관하여 보겠습니다.

2014년 4월 16일, 세월호가 침몰하여 304명의 희생되는 참사가 발생했습니다. 당시 피청구인은 관저에 머물러 있었습니다.

헌법은 국가는 개인이 가지는 불가침의 기본적 인권을 확인하고 이를 보장할 의무를 진다고 규정하고 있습니다.

세월호 침몰사건은 모든 국민들에게 큰 충격과 고통을 안겨 준 참사라는 점에서 어떠한 말로도 희생자들을 위로하기에 부족할 것입니다.

피청구인은 국가가 국민의 생명과 신체의 안전 보호의무를 충실하게 이행할 수 있도록 권한을 행사하고 직책을 수행하여야 하는 의무를 부담합니다.

그러나 국민의 생명이 위협받는 재난상황이 발생하였다고 하여 피청구인이 직접 구조 활동에 참여하여야 하는 등 구체적이고 특정한 행위의무까지 바로 발생한다고 보기는 어렵습니다.

또한, 피청구인은 헌법상 대통령으로서의 직책을 성실히 수행할 의무를 부담하고 있습니다.

그런데 성실의 개념은 상대적이고 추상적이어서 성실한 직책수행의무와 같은 추상적 의무규정의 위반을 이유로 탄핵소추를 하는 것은 어려운 점이 있습니다.

헌법재판소는 이미, 대통령의 성실한 직책수행의무는 규범적으로 그 이행이 관철될 수 없으므로 원칙적으로 사법적 판단의 대상이 될 수 없어, 정치적 무능력이나 정책결정상의 잘못 등 직책수행의 성실성 여부는 그 자체로는 소추사유가 될 수 없다고 하였습니다.

세월호 사고는 참혹하기 그지없으나, 세월호 참사 당일 피청구인이 직책을 성실히 수행하였는지 여부는 탄핵심판절차의 판단대상이 되지 아니한다고 할 것입니다.

지금부터는 피청구인의 최서원에 대한 국정개입 허용과 권한남용에 관하여 살펴보겠습니다."

강청은 세월호 사고는 탄핵심판절차의 판단대상이 될 수 없다는 재판장의 설명을 듣는 동안 용주의 분노에 차서 외치던 격앙된 음성이 들려오는 듯했다. 기무사에서 세월호 유족을 감시하고 사찰하면서 여론을 호도하고 있어요! 베일에 가린 박근혜의 일곱 시간의 행적과 실정을 호도하기 위해서 안간힘을 하는 거죠. 절대로 용서받을 수도, 용서해서도 안 되는 정권이에요! 유신정권보다 더 파렴치하고 부도덕한 정권이라구요!

재판장의 말은 계속 이어지고 있다.

"……피청구인의 헌법과 법률 위배행위는 재임기간 전반에 걸쳐 지속적으로 이루어졌고, 국회와 언론의 지적에도 불구하고 오히려 사실을 은폐하고 관련자를 단속해 왔습니다. 그 결과 피청구인의 지시에 따른 안종범, 김종, 정호성 등이 부패범죄 혐의로 구속 기소되는 중대한 사태에 이르렀습니다.

이러한 피청구인의 위헌·위법행위는 대의민주제 원리와 법치주의 정신을 훼손한 것입니다.

한편, 피청구인은 대국민 담화에서 진상규명에 최대한 협조하겠다고 하였으나 정작 검찰과 특별검사의 조사에 응하지 않았고, 청와대에 대한 압수수색도 거부하였습니다.

이 사건 소추사유와 관련한 피청구인의 일련의 언행을 보면, 법 위배행위가 반복하지 않도록 할 헌법수호의지가 드러나지 않습니다.

결국 피청구인의 위헌·위법행위는 국민의 신임을 배반한 것으로 헌법수호의 관점에서 용납될 수 없는 중대한 위법행위라고 보아야 합니다. 피청구인의 법 위배행위가 헌법질서에 미치는 부정적 영향과 파급효과가 중대하므로, 피청구인을 파면함으로써 얻는 헌법 수호의 이익이 압도적으로 크다고 할 것입니다.

이에 재판관 전원의 일치된 의견으로 주문을 선고합니다."

재판장은 홍조를 띤 상기된 얼굴로 말을 멈추고 잠시 정면을 주시한다.

순간 재판정의 분위기가 숙연해진다. 강청도 긴장이 되면서 침을 삼킨다.

"주문······ 피청구인 대통령 박근혜를 파면한다!"

일순, 재판정 안의 방청석에서 탄성이 터진다. 희비가 엇갈린 탄성이다. 탄핵 지지파의 감탄하는 소리와 반대파의 탄식하는 소리가 뒤엉켜 재판정 안은 술렁인다. 피청구인의 변호인들 가운데 한 사람이, 제지에도 불구하고, 재판장을 향해 거칠게 항의한다.

강청은 오래 동안 금압했던 사슬이 끊어지는 것 같은 해방감과 함께 자기도 모르게 긴 한숨을 내쉰다. 그 한숨은 공인이 아닌 박 대통령 개인의 비극에 대한 연민과 막장까지 오지 말기를 염원했던 바램이 무너진 데 대한 회한의 한숨이다.

사실 강청은 이번 사태가 여기까지 오지 않기를 바랐다. 그래서 모 신문의 칼럼에, 기자의 우려에도 불구하고, 박 대통령에게 진정 어린 쓴 소리를 토로했다. 〈가면무도회는 끝났다〉라는 그 칼럼의 한 구절 한 구절이 다시금 아프게 뇌리를 스친다.

"가면무도회는 끝났다. 이제 박 대통령은 가면을 벗고 지체 없이 무대에서 내려와야 한다. 공연을 망친 것을 관객들에게 사죄하고, 역시 자신이 삼류 정치 배우였음을 통감하고 정치 무대 뒤로 사라져야 한다. 광화문에서, 전국 각지에서, 세계 곳곳에서 촛불을 들고 비싼 관람료를 환불해달라고 아우성치는 관객들을 더 이상 분노하게 해서도, 실망시켜서도 안 된다.

지난 대선을 돌이켜보면, 박근혜 대통령, 당신을 주연으로 무대에 세운 것은 당신이 뛰어나서가 아니었다. 당신이 소속되어 있는 새누리 극단은 계속되는 실정으로 관객들을 실망시켰고, 그래서 민주 극단에서 주연배우가 선정되어 새로운 공연을 맡게 될 수밖에 없는 상황이었다. 그러나 정치 극단이라는 것들의 속성이 그렇듯, 민주 극단들 역시 저희들이 잘해서 다음 공연을 맡게 되는 줄 착각하고 잿밥에만 정신이 팔려 추태를 부리다가 관객들을 불안하게 만들었다. 그래서 당신 아버지의 향수에 젖은 관객들과 평생 독신으로 나라의 안위만을 생각하며 살았다는 당신의 말을 믿는 관객들이, 다음 공연의 환골탈태를 기대하며, 당신 극단과 당신을 다시 선택할 수밖에 없었던 것이다.

공연 초반에는 당신의 그럴듯한 연기에 박수갈채도 쏟아져 나왔다. 하지만 공연이 계속될수록 비싼 관람료를 지불한 관객들의 실망의 목소리는 커져만 갔다. 그러다가 당신은 역시 중요한 공연을 맡을 만한 연기력도, 다른 조연 배우들과 호흡을 맞추며 공연을 조화롭게 이끌어갈 능력도 없는 배우라는 사실이 하나 둘 들통이 나기 시작하더니 급기야, 극단이 해체될 지경에 이르는 악연을 자행하고 말았다.

이번의 돌이킬 수 없는 실수로, 당신은 역시 리더로서 갖추어야 할 세 가지 덕목이 부족한 지도자라는 것이 판명되었다. 지도자가 갖추어야 할 세 가지 덕목은 무엇인가. 그것은 신(信), 의(義), 혜(慧), 세 가지다. 지도자는 구성원들에게 믿음을 주어야 하고, 의로워야 하고, 앞을 내다볼 줄 아는 지혜 즉 혜안이 있어야 한다.

믿을 신(信)은 사람 인(人)변에 말씀 언(言)으로 이루어진 글자다. 지도자는 구성원들에게 한 약속은 어떠한 일이 있더라도 지켜야 한다. 그래야 믿음을 얻을 수 있다. 당신은 다소 이 덕목을 알고는 있는 것 같으면서도, 소통과 유연성이 부족했다.

의로울 의(義)는 양(羊) 밑에 나 아(我)로 이루어진 글자다. 양은 서양에서 희생의 제물로 바쳐졌다. 즉 옳음을 위해서는 나를 먼저 희생의 제물로 바치는 것이 참다운 지도자다. 바로 기독교인들이 말하는 십자가 정신이다. 계백이 오 천의 군사로 십만의 나당 연합군과 아홉 차례나 싸워 이길 수 있었던 것도 이 의로움의 정신을 몸소 실천했기 때문이다. 당신은 이 의로움의 칼을 엉뚱하게 휘둘러, 작금의 사태를 초래했다.

지혜 혜(慧)는 싸리비로 쓸 혜(彗) 밑에 마음 심(心)으로 이루어진 글자다. 즉 앞을 내다볼 줄 아는 지혜는 마음의 욕심을 말끔하게 쓸어낼 때에 생긴다. 그래야 구성원들을 이끌고 함께 어디로 향해야 할 것인지 앞길이 보인다. 지금이야 말로 모든 욕심을 내려놓고 천애의 벼랑 끝에 서있는 당신의 발밑을 먼저 내려다보아야 할 때다.

중국의 계몽주의 지식인 량치차오(梁啓超)는 1910년에 쓴 조선 멸망의 원인이란 글에서 우리의 민족성을 비판했다. "조선 사람들은 화를 잘 낸다. 모욕을 당하면 곧 팔을 걷어붙이고 일어난다. 그러나 그 성냄은 얼마 안 가서 그치고 만다. 한번 그치면 죽은 뱀처럼 건드려도 움직이지 않는다." 라고 지적했다. 그동안 위정자들은 이러한 우리의 고질적인 민족성을 교묘하게 이용했다. 행여 전무후무할 저 꺼질 줄 모르는 촛불의 분노를 그렇게 착각하지 않기를 바란다."

　재판장이 배석 재판관들과 함께 일어난다. 재판장은 자못 의연한 자세로 유유히 재판정을 빠져 나간다.

　강청은 법정을 뒤로하고 출입문을 나가는 여 재판장의 뒷모습을 바라보면서 또 회한의 한숨을 길게 내쉰다. 공교롭게도 이영미 재판장은 강청의 손해배상 항소심에서 두 번째 배당된 부장판사였다.

　강청의 손해배상 청구 소송 재판은 본안 못지않게 지루하고도 험난했다. 험난한 재판 끝에, 재판부가 6억 5천만 원에 강제조정을 하였는데 재판이 종결되기 전에 재판부가 또 바뀌었다. 바뀐 재판부의 재판장이 바로 지금 탄핵심판 선고를 내린 이영미 재판장이었다. 그런데 재심리가 종결된 후, 참으로 납득할 수 없는 재화해 권고가 변호사를 통해 들어왔다. 3억 원에 재조정을 하겠다는 것이었다. 항소심에서 인지대금을 일시에 완납하기가 벅차서 청구액을 일부 감축하였다가, 변론 종결 전에 항소취지를 확장하고 인지대를 모두 완납하였는데도, 그것이 감축확장이 아니라 취소로 판단한다는 거였다. 따라서 원고의 억울한 사정을 감안해서 재판부에서 3억 원에 화해 조정을 할 테니 받아들이라는 설득이었다. 변호사의 태도도 석연치 않았다. 강청은 고심 끝에 해직교수협의회의 사무총장 일을 맡고 있는 김창훈 교수에게 자문을 구했다. 김창훈 교수는 펄쩍 뛰었다. 변론을 종결한 뒤에, 그것도 상대방에서 주장하거나 청구하지도 않은 사안을 피해자인 원고에게 불리하게 법리를 적용한다는 것은, 신의칙에도 맞지 않을 뿐 아니라, 판사의 자질을 의심하지 않을 수 없다고 분개했다. 그러면서 재판부에 직접 탄원서를 제출하라고 했다. 며칠 후, 판례와 함께 그가 작성한 탄원서를 보내왔다.

탄원서의 요지는 다음과 같이 명료했다.

"여러 차례 바뀐 전 재판부에서도 이러한 항소 취지 변경에 대해 문제가 된 바가 없고, 6억 5천에 강제조정을 한 전 재판부에서도 현 재판부의 논리가 거론된 적이 없다. 더 나아가 민사소송법에서 상대방이 주장하지 않은 청구는 심의의 대상이 되지 않는 것이고, 실제 이러한 오류로 대법원에서 파기 환송된 사건도 있는 것으로 알고 있다. 더욱이 본 사건의 경우는 피고가 종심까지 그러한 논리를 거론하지도 않았다.

특히 이 사건의 경우는 전 재판부에 제출한 탄원서에서도 언급한 바와 같이, 이 사건의 심판 근거가 되었던 특별법은 그 제정 목적이 '과거 부당하게 재임용에서 탈락된 대학교원의 권익과 구제를 목적으로 한다'고 분명하게 명시되어 있다. 그렇다면 법리의 적용도 억울한 피해자인 원고에게 유리하도록 적용해야 하는 것이 사법정의의 정도라고 사료된다.

충분히 법리를 검토하셨겠지만 참고자료로 제출하는 서울지방변호사회의 법리 판단과 대법원 판례(대법원 2001.4.27. 선고 99다30312 판결과 대법원 2007.6.29. 선고 2005다 48888판결)를 재검토해 주시기 바란다.

위의 판결에서도 분명한 것은 〈일부 항소를 하였더라도 항소심에서 항소 취지 확장을 할 수 있고, 파기 환송된 항소심에서도 마찬가지〉라는 대법원의 판단이다.

법리가 이러한데도, 원고가 항소심에서 청구취지를 감축하였다가 확장한 것이 문제가 되었다면, 여러 차례 바뀐 전 재판부에서도 현 재판부처럼 원고의 청구가 부당하다고 판단하여 거액의 인지 대금을 손해 보지 않도록 배려했을 것이다."

그러나 재판부의 의지는 완강했다. 강청은 개인적인 일로 휴업을 하고 호주로 신학공부를 하러 갔다가 귀국한 전임 정 변호사에게, 자초지종을 설명하고 어떻게 대응해야 할지를 물었더니, 난감한 표정으로 괴롭게 말했다.

"감축한 후 확장하겠다고 분명히 명시했는데도, '감축'이라는 어휘를 '취소'로 받아들여 문제를 삼는다면…… 문제가 될 수 있지요. 그건 재판장의 자의적인 권한에 속한다고 볼 수 있고…… 그렇게 선고를 해버리면…… 대법원에 가서 다시 다퉈야하는데…… 시간이 일 년이 걸릴지 이 년이 걸릴지 알 수 없고…… 또 대법원에서 우리 편을 들어준다는 보장도 없고…… 법이라는 게 그렇습니다."

"대한민국의 법이 그런 게 아니고요?"

강청이 냉소를 짓자, 정 변호사도 쓴웃음을 지었다.

"……글쎄요…… 오 변호사의 말이 사실이라면…… 일 억 삼천을 날려버리게 되는데, 손해가 크지요. 그보다 승소도 불확실한 상고를 해서 재판비용을 부담하면서, 기약 없는 시간을 더 고통 속에서 견뎌야하는데…… 냉정하게 판단해야 합니다. 좀 더 신중하게 생각해보지요. 그리고…… 제가 과오를 인정해야 할 부분이 있으면 인정하겠습니다."

강청은 고심 끝에 정 변호사의 뜻에 따를 수밖에 없었다.

텔레비전의 화면이 헌법재판소 밖으로 바뀐다. 헌법재판소 정문 앞에 대치하고 있던 탄핵 지지파의 환호와 반대파의 비탄이 뒤엉켜 거리는 아수라장이다. "이겼다! 이겼다!"를 열호하는 지지파들의 함성이 하늘을 찌른다. 이에 질세라 "탄핵 무효! 탄핵 무효!"를 외치는 태극기 집회자들의 반발은 광란에 가깝다. 행동이 극렬하다. 경찰버스에 올라가 난동을 부리는 등 사태가 심상치 않다. 헌법재판소의 판결이 어떻게 나오든 승복하자는 국민적 합의가 순식간에 물거품이 되는 순간이다.

강청의 입에서 저도 모르게 탄식이 흘러나온다.

"아닌데…… 이건 아닌데!"

아, 대한민국!

"강 교수, 잊어버려! 자, 내 술이나 한 잔 더 받아!"

이창수 교장이 강청 앞으로 맥주 컵을 불쑥 내민다.

"그래, 강 교수! 형택이도 강 교수한테 감정이 있어서 그런 건 아니잖아! 그 친구, 육사를 졸업하고 유신사무관으로 오래 동안 지난 정권과 같이 해서 굳어진 사고 때문이지…… 형택이도 사적으로는 강 교수를 존경하고 좋아하잖아!"

황희동 교수가 가세한다.

"그럼…… 형택이 그 친구 괜찮은 친구야. 어쨌든, 모임에서 정치와 종교 얘기는 하지 말랬는데…… 졸업 오십 주년을 기념하는 동창모임이 엉망이 돼버렸어!"

"그렇기는 해도…… 시국이 이런데, 남북문제와 정치 얘기가 화제가 안 될 수 있겠어! 어느 때보다도 나라가 어수선한데……."

이동형 교수가 어두운 얼굴로 그의 평소 성격대로 진중하게 한 마디 덧붙인다.

그랬다. 칠십에 이르는 나이가 되어 졸업 오십 주년을 기념하는 고교 동기동창 모임이라면, 감회에 젖으며 화기애애하게 우의를 다지다가 아름답게 마무리가 됐어야 했다. 처음에는 그렇게 시작되었다. 서울에서 내려온 열두 명의 동창까지 삼십오 명은 서로 안부를 물으며, 추억과 감회에 젖으며, 앞서 이승의 생을 졸업하고 떠난 친구들을 안타까워하며, 이제 모든 것을 내려놓고 아름다운 생의 마침표를 찍고 갈 일만 남았다고, 나이에 걸맞은 화제로 우의를 다져나갔다. 그런데 술이 거나하게 오르고 화제가 시국얘기와 정치얘기로 옮겨지자 분위기가 달라졌다.

먼저 화제가 된 것은, 전 박근혜 대통령의 탄핵과 국정농단 사태에 대해 검찰이 구형한 형량이었다. 국정농단 사태로 헌정 사상 처음으로 파면된 박 전 대통령에게 검찰이 징역 30년을 구형했다. 국정농단 주범인 만큼 징역 25년이 구형됐던 '비선 실세' 최신실보다 더 무거운 책임을 물어야 한다고 판단한 것이다. 서울중앙지법 형사합의22부 심리로 열린 1심 결심 공판에서 검찰은 뇌물수수, 직권남용 등 18개 범죄 혐의로 기소된 박 전 대통령에 대해 징역 30년, 벌금 1,185억 원에 처해달라고 재판부에 요청했다. 징역 30년은 형법에서 규정한 유기징역 최대치다. 지난해 4월 17일 구속 기소한 후 317일만의 검찰 구형이다.

검찰은 중형이 불가피한 가장 큰 이유로 헌정 질서 위반을 꼽았다. 25분 간 구형 의견을 말하며 총 11번 헌법을 언급할 정도였다. 검찰은 "대통령 직선제 도입 이래 최초로 과반수 득표한 대통령이었으나 헌법 수호 책무를 방기하고 대통령 권한을 자신과 최신실의 사익추구 수단으로 남용했다"며 "그 결과 헌정사상 최초로 탄핵, 파면되면서 헌정사에 지울 수 없는 오점을 남겼다"고 비판했다.

지난해 10월 16일 법원의 구속기간 연장 결정에 반발해 이후 재판 출석을 거부해왔던 박 전 대통령은 이날도 법정에 나오지 않았다. 박 전 대통령 측 국선변호인들은 3시간에 걸친 최후변론에서 울먹이며 "나라를 위해 했던 일까지 없었던 일로 치부하고 감옥에 가두는 것은 맞지 않다"고 선처를 호소했다.

한국당은 이날 검찰 30년의 구형에 대해 "이 정권 구미에 딱 맞는 형량을 선택한 것으로 법원의 냉정한 판단을 기다려 보겠다"며 "사형보다 더 잔인한 구형"이라고 반발했다.

형택이 먼저 국선변호인과 한국당의 주장에 동조하며 극열하게 탄핵의 부당성을 들고 나섰다.

"박근혜 탄핵의 본질은 정치적 실패야! 실제 저지른 잘못보다 너무 과한 정치적 보복을 당한 거야! 태극기 집회에 참여한 국민들은 탄핵이 억울하다고 생각하고 있어! 나도 그래서 태극기 집회에 구국을 하는 심정으로 열심히 참여했어! 박근혜가 구체적으로 법을, 무엇을 어겼는지 명쾌하지 않은 부분이 많아! 그렇기 때문에 정치적 탄핵이라고 생각하는 사람들이 많은 거야! 언론도 문제야! 국정실패를 국정농단이라고 주장하는 사람들의 말을 언론이 그대로 받아 적은 게 발단인데, 언론이 기울어진 운동장이라는 걸 그대로 보여준 거지! 태극기 집회에 나온 인원이 촛불집회에 나온 인원을 압도했지만 언론이 제대로 보도하지 않았어! 허무맹랑한 주장에 동조한 당시 여당과 청와대 책임자, 언론사 모두가 문제야! 언론도 반성적 모습을 보여야 해! 그렇지 않아, 조선동?"

형택이 그러면서 앞에 앉아 있는 국영 방송 아나운서 실장을 역임하다가 퇴직한 조선동에게 다그치듯이 묻자, 조선동이 떨떠름한 얼굴로 말했다.

"나도 많은 부분 당신 생각에 동조하지만, 그런데 왜 태극기 집회에 성조기는 들고 설쳐대는 거야? 보기가 안 좋아! 우리가 미국 속국이야! 기댈 데가 거기밖에 없어! 지난 정권의 여당 최고위원이 아무리 속 좁은 여자라지만, 미국 대통령한테 남북 정상회담을 허락해서는 안 된다고 서신이나 보내고! 국격을 떨어뜨려도 유분수지, 사대도 그런 유치한 사대가 없어!"

형택도 지지 않았다.

"그럼 현실적으로 우리가 미국을 부정할 수 있어? 미국의 도움 없이 이 나라가 여기까지 온전히 유지될 수 있었다고 생각해?"

"고마운 거 하고 국권하고는 다른 문제잖아!"

"집안 문제가 시끄러우면 형한테 도움을 요청하고 조언을 부탁할 수도 있잖아!"

"뭐야, 형? 미국이 형이야? 내 참, 기가 막혀……."

"혈맹이면 형제 아냐?"

"혈맹? 지금 트럼프 정부가 부르짖는 게 뭐야? 자국 이익 우선주의잖아! 지금 미국이 세계 각국과 갈등을 일으키고 있는 것도 세계를 이끌어온 대국의 풍모를 잃어버리고 쪼잔해져 가기 때문 아닌가? 이제 보니, 수구 꼴통이네! 지금, 정신 바짝 차려야 할 때야! 나라의 앞날이 기로에 서 있어!"

"뭐 수구 꼴통? 야, 이름도 조선, 동아일보를 합작해 놓은 거 같은 놈아! 수구 꼴통은 기득권 대변이나 하고 정권에 빌붙어 위세를 떨치는 니들 언론이야! 정권이 바뀌니까 인제 그쪽으로 붙은 거냐!"

"너 말 다했어! 완전 유신시대에 세뇌된 군바리네!"

친구들이 말렸고, 강청도 거들었다.

"그만들 해! 홍 감사답지 않게 왜 그래? 생각은 다 다를 수 있잖아. 틀린 것과 다른 것은 구별해야 하잖아. 나와 다른 너를 인정하고 너와 다른 나를 인정받는 거, 그게 정상적인 인간관계 아냐? 항상 나만 옳다는 아집에서 놓여날 나이들도 됐구. 성조기 들고 집회에 참석하는 태극기 부대들의 행동은, 내가 보기에도 볼썽사나워!"

"지금 강 교수, 나한테 훈계하는 거야?"

"훈계라니…… 내 생각을 말하는 거뿐이야. 그리고…… 세계의 이목이 집중되고 있는 남북 정상회담이 열리는 날, 임진각 출입구 앞에서 보수단체들이 벌인 정상회담 반대집회도 그래! 꼭 그런 날, 그런 식으로 의사표시를 해야 돼?"

지난 4월 27일 2007년 이후 11년 만에 성사된 남북정상회담을 맞아, 경기 파주시 임진각에서 환영과 반대 측 집회 참가자들이 일부 충돌했다. 남북 정상회담을 환영하는 지지자들은 전국 각지에서 '역사적 회담이 성공적으로 개최되길 바라고 한반도에 새로운 평화시대가 열리길 기원하는 마음에서', 임진각에 오기 위해 남의 차를 얻어 타고 걸어서 1박 2일에 걸쳐 왔다는 사람이 있는가하면 한반도기가 그려진 티셔츠를 단체로 맞춰 입은 관광객들 등등, 많은 사람들이 임진각으로 몰려왔다.

그러나 임진각에는 남북정상회담을 환영하는 이들만 찾은 것은 아니었다. 국가비상대책국민위원회 등 보수단체 회원 200여 명은 임진각 출입구 앞에서 반대집회를 개최했다. 이들은 "살인을 저지른 북한 정권과 회담은 말도 안 되고 평화를 위장한 사기극"이라며 '정전협정무효의 연방제 꼼수는 대한민국을 죽이는 실수'라는 현수막을 내걸었다. 또한 "문재인 대통령 지지자들이 태극기를 못 들게 해서 싸움이 생겼다"며 "오늘의 정상회담은 가짜 평화, 위장 평화인데 사람들은 그 사실을 모르고 모두 속고 있다. 이대로 간다면 대한민국은 적화통일이 될 것"이라고 분개했다.

형택도 그 보수 반대파와 다름없는 주장으로 강청과 맞섰다.

"강 교수 말대로 시국을 바라보는 시각은 다를 수 있는 거야! 그 사람들도 애국심에서 태극기를 들고 반대집회를 한 거야! 문재인 정권이 천안함 폭침사건의 주범인 김영철을 한국으로 불러들여 북핵 동결과 대륙간 탄도미사일 개발 중단을 내세워 북한 문제를 임시방편으로 해결하려고 한 것도 그렇고, 이번 정상회담도 나는, 2000년 6월 DJ가 평양에서 남북 정상회담 쇼를 하고 서울에 와서 '한반도에 이제 전쟁은 없다'고 5천만 국민을 속인 희대의 위장평화 쇼와 궤를 같이한다고 봐!"

"물론 시각은 다를 수 있지…… 그렇다고 해도, 언제까지나 한 민족이 철천지원수처럼 적대감이나 쌓아가면서 외세에 휘둘리며 비극을 대물림해야 돼? 힘들어도 해야 할 일은 해야 하고, 잘못 된 것은 바로잡아야 하는 거 아냐? 삐뚤어진 사고는 바로잡고, 쌓인 폐단은 청산해야 돼! 지금 남과 북이 무엇보다 필요한 건 의식의 전환이야! 의사가 되어 가난과 질병 속에서 고통 받는 동포들을 구제하겠다던 노신이 생각을 바꾸어 작가가 된 것도 '중국을 망국에 이르게 한 병은 육체의 병이 아니라 정신이 병들었기 때문'이라는 의식의 전환이었어. 남도 북도 통일을 앞당기고 민족자존을 지키고 공생의 번영을 이루려면, 이번 공동선언문에서 밝힌 대로, '우리 민족의 운명은 우리 스스로 결정한다는 민족자주의 원칙에 충실'하면서 '냉전의 산물인 오랜 분단과 대결을 하루 빨리 종식시키고 민족적 화해와 평화번영의 새로운 시대를 과감하게 열어나가며 남북관계를 보다 적극적으로 개선하고 발전시켜 나가야 한다'는 확고한 의지가 무엇보다 필요해!"

"그걸 누가 몰라! 지금까지 앵무새처럼 수없이 되뇌던 공허한 이상론 아냐? 삼대 째 세습을 하고 있는 북한 정권과 그 공허한 이상이 실현되리라고 믿어?"

"믿지 않으면…… 미국과 북한의 핵전쟁을 그냥 지켜보면서, 우리 민족이 또다시 몇 백만이 죽어나갈지 모르는 참담한 비극을 받아들이면서, 공멸을 숙명으로 껴안아야 한단 말야! 그동안 트럼프와 김정은 사이에 오고간 험악한 상황을 보면 자칫하다가 어떤 비극이 한반도를 뒤덮을지 모르는 시점 아냐? 그런데도 반목과 증오심이나 불태우면서, 손 놓고 바라보면서, 미국이 어떻게 잘해주겠지, 하는 한심한 작태로 성조기나 흔들고 있으면 문제가 해결되느냐고! 당신이 잘 하는 농담처럼, 거시기가 무서

우면 처녀가 시집을 못 가는 거야! 어쨌든 시집을 가서 일을 벌어야 옥동자를 낳는 거 아니냐구! 정말 진정한 보수가 뭔지도 모르면서 안 돼요! 안 돼요! 몽니를 부리는 보수 꼴통들, 정말 신물이 나! 그런 야바위 정치꾼들이 모인 시대착오적인 야당은 빨리 청산돼야 할 대상이야!"

"뭐, 보수 꼴통! 시대착오! 청산? 말 잘 나왔네! 지금 이 정부가 하는 청산이 제대로 하는 적폐청산이야! 내로남불이, 내가 하는 건 로맨스고, 남이 하는 건 불륜이라는 오만방자가 적폐 청산이냐구?"

"어떻게 들릴지 모르겠지만…… 막다른 논리에 몰리면 흔히들 쓰는 반격 수단이 '내로남불' 아니야…… 구체적으로 이 정부가 잘못하고 있는 적폐청산이 뭐야?"

"구체적이고 말고 할 게 없어! 다수의 국민을 감동시켰던 대통령 취임사대로 지금 이 정권이 초심을 잃지 않고 가고 있는 거야? 장황한 취임사 가운데 내 기억에 생생하게 남아 있는 대목은 '기회는 평등하고, 과정은 공정하고, 결과는 정의로울 것이다'라는 것뿐이야! 그래서 다시 한 번 취임사를 정독하면서 하나하나 점검해봤어.

'오늘부터 저는 국민 모두의 대통령이 되겠습니다. 저를 지지하지 않았던 국민 한 분 한 분도 저의 국민이고, 우리의 국민으로 섬기겠습니다'라는 대목부터, 지금 생각해보면, '저를 지지했던 국민들의 뜻을 믿고 오직 한 길로 나가겠습니다.'라고 해야 하지 않았을까 싶어!

'대통령의 제왕적 권력을 최대한 나누겠습니다. 권력기관은 정치로부터 완전히 독립시키겠습니다. 그 어떤 기관도 무소불위의 권력을 행사할 수 없도록 견제장치를 만들겠습니다.' ……참 이 대목도 기막힌 역설의 연속이야. 검찰, 경찰, 국정원, 국세청, 금감원 등 소위 권력기관은 당연하거니와 아예 대놓고 법원, 헌법재판소까지 자신들의 왕국으로 만들고 있는 상황이니 말이야!

'분열과 갈등의 정치도 바꾸겠습니다. 보수와 진보의 갈등은 끝나야 합니다. 야당은 국정운영의 동반자입니다. 대화를 정례화하고 수시로 만나겠습니다. 전국적으로 고르게 인사를 등용하겠습니다. 능력과 적재적소를 인사의 대원칙으로 삼겠습니다. 저에 대한 지지여부와 상관없이 유능한 인재를 삼고초려해서 이를 맡기겠습니다.' ……이 대목에 이르러서는 정말 기함하지 않을 수 없어. 하루에 한 사람 꼴로 국가 기관에 캠프-진영에 있는 사람들을 꼽아 넣는 인사를 할 생각이었으면서 어찌 삼고초려라는 말을 함부로 쓸 생각을 했는지 기가 막혀! 게다가 김정은 위원장 만나러 가면서 국회의장단과 야당대표들을 수행단으로 삼을 작태를 벌이며 야당을 국정의 동반자로 지칭했다니 참으로 대단한 생각이 들어!

'약속을 지키는 솔직한 대통령이 되겠습니다. 선거과정에서 제가 했던 약속들을 꼼꼼하게 챙기겠습니다. 대통령부터 신뢰받는 정치를 솔선수범해야 진정한 정치발전이 가능할 것입니다. 불가능한 일을 하겠다고 큰소리치지 않겠습니다. 잘못한 일은 잘못했다고 말씀드리겠습니다. 거짓으로 불리한 여론을 덮지 않겠습니다.' ……이 대목을 읽고선 허탈한 웃음이 아니라 깊은 절망에 빠지게 돼! 소득주도성장이 실패로 드러났음에도 불구하고 청와대 소주방을 경질하기는커녕 더 대차게 밀고 나가겠다고 선언하는 대통령이 어찌 '잘못한 일은 잘못했다고 말씀드리겠다' 약속했는지 어이가 없어! 게다가 말 듣지 않는다는 이유 하나만으로 멀쩡한 통계청장을 자르는 대통령이 '거짓으로 불리한 여론을 덮지 않겠다'고 선언했던 모습을 생각하니 모골이 송연해져! ……계속할까?"

"글쎄…… 너무 사시의 눈으로만 보는 거 아냐?"

"부정적인 쪽으로만 경도되었다는 뜻이야?"

"나부터 그 피해자지만, 사법 농단을 비롯해서 잘못된 폐단은 고치고 바로잡아야 하지 않아? 그게 정의로운 사회로 가는 첫걸음이 아닐까? 오히려 눈 가리고 아웅 식으로, 자신들의 부당함은 인정하지 않고 '내로남불' 식으로 적폐청산을 매도하려는 것이 더 큰 문제가 아닐까?"

"그래서 신문에다가 '청산이 청산을 만든다'라는 칼럼을 쓴 거야? 나 글 읽었어. 옳은 소리야! 그런데 그 글을 읽으면서 당신도 어쩔 수 없는, 이 정권에 편향된 논객이라는 느낌을 떨쳐버릴 수 없었어!"

"그, 으래…… 왜 내가 곡학아세라도 했나?"

"당신 논리가 틀린 건 아냐! 잣대가 공평해야지! 당신이 그 칼럼에서 예로 든 왕처럼 사심 없이 공정하게 법을 집행해야지!"

형택이 제 주장에 쐐기를 박듯이 힘주어 한 마디 덧붙였다.

"이건, 적폐청산을 빙자한 숙청의 혐의가 짙어! 아니, 한풀이라는 표현이 더 정확할까!"

강청은 모 일간지에 쓴 칼럼의 내용을 곰곰이 되새겨본다.

"그 칼럼에서도 말했지만, 그동안 되풀이되어온 적폐청산은 여야의 정쟁의 대상이 될 수 없어. 적폐 청산은 제대로 된 나라, 바른 나라 세우기를 표방하고 있는 이 정권이 반드시 청산하고 넘어가야 할 과제이자 온 국민의 해묵은 염원이라고 봐. 정권이 바뀔 때마다 요란을 떨다가 수포로 돌아가는 공염불이 되풀이되지 않으려면 이 정권에서 끝내야 해! 국민들은 그 동안 위선적인 정치꾼들의 베드로의 닭울음소리로 정치에 신물이 나 있지 않아? 더는…… 할 말이 없네. 해명하고 싶지도 않고……."

"좋아! 당신하고는 더 이상 다투고 싶지 않아. 당신의 진정은 이해하니까. 나는 이 정권이 하는 행태가 염려스럽고, 한심해서 분노하는 거뿐이야!"

그때 모 국립대학 철학과 교수로 정년을 한 황희동 교수가 중재를 하고 나섰다.

"그래, 홍 감사! 이쯤 해서 끝내. 우리끼리 다툴 일이 뭐 있어. 나라가 제대로 안 돌아가서 하는 걱정들이지, 근본은! 그리고…… 강 교수 알잖아? 누구보다 정의감이 강하고 올곧게, 할 말 하면서 살아오다가 오래 동안 고생한 거…… 아무리 감정이 격해도 친구끼리 인격을 모독하는 선까지 가지는 말아야 해! 나도 그 칼럼 읽었는데 명쾌했어. 자 들, 감정 털구, 술이나 한 잔 하자구!"

화해로 감정의 앙금은 거두어졌지만 분위기는 서먹해졌다. 형택이가 어색한지 어부동까지 들어가려면 갈 길이 멀다고 자리를 털고 일어나자, 삼삼오오 마음 맞는 사람들끼리 자리를 떴다. 강청도 앞장서는 황 교수를 따라서 이동형 교수와 모교에서 봉직하다가 퇴임한 이창수 교장과 함께

172

연회장을 빠져나왔다. 그래도 앙금이 풀리지 않아 근처 호프집에서 뒤풀이를 하게 되었다.

술집은 한산했다. 출입구에서부터 홀 양쪽으로 탁자가 배열되어 있는 실내에는 입구 쪽에 젊은 남녀 네 사람이 마주 앉아서 치킨을 시켜놓고 술을 마시고 있을 뿐 손님이 없었다. 네 사람은 홀 안쪽에다 자리를 잡고 앉았다.

황희동 교수가 무겁게 입을 연다.

"형택이 요령부득의 기득권 보수에 속한다는 걸 부정할 수는 없지만, 사실 문재인 정부가 출범한 지 일 년이 지난 지금, 바람직한 변화도 있었지만 걱정스러운 부분도 많아. 80%까지 웃돌던 지지율도 40%대로 하향 곡선을 긋고 있지 않아."

강청은 잠시, 대한민국 19대 대통령이 취임한 후 숨 가쁘게 흘러간 시간을 회상해본다.

헌정 사상 최초로 대통령 탄핵이 결정되자, 헌법에 따라 60여 일 후에 조기 대선이 결정되었다. 이에 각 정당에서는 촌각을 다투어 후보를 선출하고 유세에 나섰는데, 그 가운데 더불어민주당의 문재인 후보는 박근혜 대통령의 실정을 만회할 수 있는 인물로 주목받으며, 줄곧 40% 이상의 지지율을 유지했다. 하지만 보수적인 국민들의 지지를 받는 데까지는 실패했다. 예상했던 대로 2017년 5월 9일에 치러진 대선에서 문재인 후보가 41.1%를 획득해 대한민국 제19대 대통령에 취임하였다.

취임 직후, 문재인 대통령은 취임사에서 표명한 대로 과감한 변화와 발

빠른 행보로 국민들의 높은 지지율을 유지했다. 하지만 그동안 쌓여온 경제적 문제와 과감한 정책의 변화가 국민의 높은 기대와 성급한 욕구를 충족시키지 못해 지지율이 점차 떨어지기 시작했다.

"나는…… 문재인정부가 성공한 정부가 되기를 간절히 바래. 그런데 지금 문재인정부가 가고 있는 길은 '좌회전 신호 넣고 우회전'을 하고 있는 것이 아닌가 하는 의구심이 드는 부분도 있어. 그래서 80%를 상회하던 지지율이 40%대로 곤두박질치고 있는 것이 아닌가 싶어. 촛불정부라고 이명박, 박근혜가 저지른 9년간의 적폐를 한꺼번에 다 해결해 주기를 바라지는 않아. 그러나 다시는 세 모녀사건, 지하철 스크린도어에 끼어 죽는 젊은이가 없어야 해! 애기를 키우기 겁이나 출산을 거부하는 나라, 그런 세상이 출산 장려금 몇 푼으로 해결되겠느냐구……."

이동형 교수가 말을 받는다.

"양극화문제도 그래. '특권과 반칙이 없는 세상'을 만들려면 양극화문제부터 풀어야 해. 열심히 일해도, 죽기 살기로 일해도 일할수록 가난해지는 삶을 바꾸기 위해서는 '경제정의'가 실현되지 않으면 가망이 없어. 힘의 논리가 지배하는 세상이 아니라 일한 만큼 대가가 주어지는 세상, 그것이 '소득주도성장'이든 '분배위주의 경영정책'이든 상관없어. 문제의 원인 해결은 문 대통령이 말한 것처럼 '특권과 반칙이 없는 세상'을 만들면 돼. 아무리 적폐세력의 저항이 강고하다고 하더라도 주권자의 80%가 넘는 지지를 엎고 추진하지 못한다면 누구 잘못인가?"

"맞아. 양극화 문제는 '경제정의 실현'이 해법이라는 건 삼척동자도 알

아. 재벌이 빼앗아 간 것을 되돌려 평등세상을 만들면 돼. '친부자정책, 정경유착을 끊는 것', 그게 소득주도 경제정책 아닌가? 조세정의를 실현해 많이 번 사람에게 세금을 많이 물게 하고 당장 의식주를 해결 못해 절망하는 사람들에게 헌법 제 10조가 명시하고 있는 국가가 해야 할 의무, '인간답게 살 수 있는 행복추구권'을 찾아주는 복지정책을 펴면 돼. 찔끔돈 몇 푼 주고 내는 생색이 아니라, 희망이 보이는 재분배정책을 실현해야 한다는 말이지. 교육문제는 또 어떻구…… 이 교장, 교육문제는 어떻게 생각해? 교육문제는 공론화로 시간을 다 보내고 있지 않아?"

"입시문제를 말하는 거야?"

이창수 교장이 두꺼운 뿔테안경 너머로 황희동 교수를 머쓱하게 바라본다.

"서민들의 삶을 파괴하는 가장 큰 원인 중의 하나가 교육문제 아냐? 교육이 계층상승의 수단이 된 현실을 그대로 두고 서민들의 삶은 달라질 수가 없어. 청소년들의 삶을 앗아가는 잔인한 교육, 가정파괴의 주범 사교육비 문제, 학교폭력, 출산기피, 육아문제…… 이 같은 교육문제는 지엽적인 몇 가지 선심정책만 가지고는 풀 수 없어. 근본적인 학벌문제, 일류대학문제만 풀면 저절로 해결돼! 문재인정부는 근본문제인 학벌문제, 일류대학 문제를 덮어두고 입시방법을 공청회에 붙여 허송세월을 보내다 원점으로 돌아오고 말지 않았어?

지금까지 전교조를 비롯한 교육시민단체들이 일관되게 주장해 오던 요구가 일류대학 문제…… 하다못해 전국의 모든 국립대학 이름이라도 모두 서울대학으로 바꾸자고 요구하지 않았어? 살아가는데 필요한 교육이 아니라 시험을 위한 교육, 대학졸업장으로 삶의 질, 사람의 가치를 서열 매기는 현실을 덮어두고 입시전형 몇 가지 찔끔 바꾼다고 무엇이 달라지 겠어! 근본적인 원인진단도 없이 현상을 치료하는 의사는 환자의 주머니를 노리는 돌팔이 의사일 뿐이야!"

"그렇기는 한데…… 황 교수도 알다시피…… 현실이 만만치가 않잖아…… 중등교육 현장에서는 막상 학부모부터가 자녀를 학교에 들여보내고 나면 생각들이 다 달라! 요즘 갈등이 심한 특성화 학교도 이상적인 교육을 지향하는 것이라지만 학생들의 지적인 학력이 떨어져 대학 입시에 불리하다고 학부모들이 난리 아닌가 말야!"

"그러니까 근본적인 학벌문제, 일류대학 문제부터 손을 대야 한다는 거지! 고교 평준화처럼!"

"아무리 제도를 바꾼대도 한국 사회에서 학연, 지연이 뿌리 뽑히기 전에는 어려울 걸……."

"그건 그렇고, 세상을 온통 뒤집어놓은 미투 문제는 어떻게들 생각해?"

이동형 교수가 화제를 돌려놓고, 먼저 자신의 생각을 말한다.

"내 생각에 미투 문제의 근본은 성불평등, 즉 성을 상품화한 현실 때문이라고 보는데…… 사람의 가치를 외모로 평가하는…… 그래서 여성이 다 같은 인간으로서가 아니라, 섹스의 대상인 현실에서는, 미투 문제는 개인적 일탈이 만든 현상일 뿐이야. 자본주의가 만든, 돈이 되는 것은 선(善)인 세상을 두고, 여성의 사회적 지위가 높아졌다고 미투 문제가 사라지지는 않을 거야!

청소년들이 즐기는 게임이며 에니메이션, 영화, 드라마가 온통 성을 충동질하고 있어! 돈이 되는 거라면…… 사이비 문인들, 언론들…… 다투어 이 성을 상품화해서 돈벌이를 하겠다고 눈에 불을 켜고 덤벼들고 있지 않느냐고? 돈벌이를 위해 무슨 짓이든지 할 수 있는 자본주의의 폭력이 청소년들을 병들게 하고 성이 상품화된 저질문화가 보편적인 문화로 자리 잡고 있는 게 현실이야! 이 같은 자본의 폭력, 미투를 화제거리로 구경하고 있다면 정치가 존재할 이유가 무엇인가 말야!"

강청도 듣고 있다가 끼어든다.

"정부가 더 엄중하고 가혹한 잣대로 미투 문제에 개입하라는 말인가? 갑질의 성폭력은 청산해야 할 적폐지만, 내가 보기에 지금 벌어지는 상황들을 보면 부작용도 많아. 직장에서, 사회에서, 학교에서 성폭력은 공소시효도 없는지, 수십 년이 지난 일들을 그때의 사회분위기나 시대상황은 전혀 고려되지 않은 채, 한풀이하듯 인민 재판하듯, 여성 위주의 시각에 더 치우쳐 일률적으로 철퇴를 가하는 것은 문제가 있다고 봐.

인류문화사적 관점에서 볼 때 성은 여성들의 생존전략에서 남성들에게 미끼로 변용되기 시작했어. 과거의 인간들은 매우 약한 존재였고 다른 동물들의 먹잇감에 불과했어. 당시에는 인간들도 다른 동물들과 마찬가지로 남녀가 성관계 후 아이가 태어나면 남성은 떠나고 여성이 홀로 아이를 키웠어. 맹수가 공격할 때 한 손으로 아이를 감싸 안고 방어하자니 아이와 자신의 생명을 온전히 보전하기가 어려웠지. 인간 '여성'들은 이를 해결하고자 본인 및 자녀의 안전을 지킬 수 있는 방법을 고민했어. 그러자 답이 나왔어. 힘세고 자기와 자녀를 적극적으로 지켜줄 수 있는 존재는 바로 '남성'이라는 걸 깨닫게 됐지.

여성들은 성관계 후 바로 떠나는 남성들을 어떻게 하면 자기들 곁에 붙들어 둘 수 있을까 생각했지. 그 결과가 바로 성행위를 통해 남성들에게 쾌락과 즐거움을 주는 것이었어. 이런 전략은 매우 효과적이었고, 남성들은 이 즐거움을 포기하지 못하고 여성들 곁에 남게 되었어. 더욱 재미있는 사실은 이런 행위에 우수한 여성은 살아남았고 능력이 부족한 여성은 후손에게 DNA를 남길 기회를 잃어버렸어. 이런 상황이 세대를 거쳐 강화된 것이 현재의 여성이야.

이는 몇 가지 사실로도 입증이 가능하지. 첫째, 인간과 같은 부류인 영장류 전체를 분석해 봐도 성관계시 인간 '여성'과 같은 오르가즘을 느끼는 다른 영장류는 없어. 그리고 임신 전 여성에게는 '큰 가슴'이 필요 없어. 왜냐하면 자녀를 먹일 필요가 없기 때문이지. 그러나 자녀가 없는 인간 여성들은 다른 영장류와 대비 매우 큰 가슴을 가지고 있어. 이는 단지 성적인 어필을 하기 위해서지. 또, 후손 생산을 위해서가 아닌 단지 '쾌락'을 위해서 성관계를 하는 것은 오직 인간뿐이야. 남성을 붙잡기 위한 여성들의 생존 전략의 대표적 사례지.

미투도 그 속내를 들여다보면 이런 여성들의 생존전략에서 비롯된 것이 많을 거야. 그런데 그 진실은 자세히 살피지 않고, 본능적으로 공격적일 수밖에 없는 남성의 성을 마녀사냥 식으로 여론화 하여 너무 심하게 단죄하는 거 아닌가 싶어.

인터넷에도 뜬 사건인데, 나이 지긋한 한의사가 다방 여종업원이 어깨 통증으로 고통을 받는다고 하여 증상을 진단해 보겠다고 어깨를 잡았다가, 그 여종업원의 고소로 십 개월 실형을 살게 된 얘기, 혹시 알고 있어?"

"모르는데…… 아는 사이에, 의사가 걱정이 되어 일종의 진맥을 해준 것인데 어쩌다 실형까지 살게 됐어?"

"허락을 받지 않고 주물렀다는 거지. 경찰에서 합의를 하라고 해서 그 한의사의 아들이 합의를 해달라고 하자, 천만 원을 요구했어. 억울했지만 아버지의 체면을 생각해서 합의를 하려고 하자, 그 한의사가 이런 악랄한 여자의 요구는 사회정의를 위해서 들어줄 수 없고, 법의 처분도 납득할 수 없다며 실형을 살고 있어. 사회분위기가 이 지경에 이르러서 요새 직장 내에서 남녀가 함께 회식 모임 하는 것을 꺼려하고, 이 차 삼 차는 아예 생각지도 않는다고 그래. 그러다보니 주점이나 노래방 같은 사업은 장사가 안 되어 고통이 이만저만이 아니고…… 어떻게 들릴는지 모르겠지만, 미투가 자칫 남녀의 편 가르기 식의 엉뚱한 방향으로 가는 게 아닌가 걱정이 돼…… 혹시 김홍도의 '정인(情人)'이라는 그림 본 적 있어?"

"아니. 어떤 그림인데?"

"달밤에 이웃에 사는 처녀 총각이 자기 집 사립문 앞에 서서 애타게 바라보는 그림이지. 그림보다도 그림에 쓰인 화제의 글귀가 명문이지."

"어떤 내용인데?"

"두 사람의 마음은 두 사람만이 안다! 남녀 간의 애정 문제는 그런 거 아냐? 명백한 범죄행위가 아니면 국가가 깊숙이 개입해서 관리할 문제가 아니라는 얘기지. 부추기고 확대시키는 가짜 뉴스, 찌라시 언론, 사이비 언론도 문제야!"

"사이비 언론의 적폐는 어제 오늘의 문제가 아니잖아! 겉으로는 거룩하게 '사회정의 구현, 공정보도, 불편부당'이라는 사시를 내걸었지만 세상을 거꾸로 비쳐주는 언론이 판을 치고 있어. 서민들의 혈세로 운영되는 언론, 지탄을 받고 있는 삼 대 언론사나 종편의 보도태도는 차마 언론이라고 볼 수 없는 적폐 그 자체 아냐? 정경유착으로 서민들의 눈을 감기고 서민들을 마취시키는 공기(公器)가 그들 아닌가 말야! 언론의 정경유착을 두고 '소외된 국민이 없는 세상'을 만들 수 있다는 자체가 망상이지!"

두 사람의 말을 주의 깊게 듣고 있던 이창수 교장이 검은 뿔테안경을 한 손으로 밀어 올리며 음울하게 말한다.

"서민들은 그런 거창한 문제보다도 먹고 사는 문제가 우선인데…… 지금 경제가 심각한 상황인 거 같애. 아무리 거룩한 복음도 목구멍이 포도청인 백성들에게는 빵 문제가 해결되지 않으면 공염불이지. 예수에 대한 믿음도, 빵 다섯 개와 물고기 두 마리를 취하여 5000명의 군중을 먹이신 오병이어의 기적(五餠二魚一奇蹟)을 보여줌으로 해서 더 견고해지지 않았어. 유마경에도 '먹을 것이 공평하면 천하가 다 공평하다'는 말씀이 있고……"

강청은 이 교장의 말을 들으며 문득, '초원의 집' 원룸에서 있었던 일이 떠오른다. 중국집 배달을 하는 202호 청년과 중국집 경영을 하다가 빚에 몰려 자살한 105호 주 씨의 일이다. 주 씨는 강청이 거처하던 102호 맞은 편 방에서 살았으나 음식점에서 기거하다시피 하여 거의 얼굴을 마주치는 일이 없었다. 어쩌다 마주치면 목례로 수인사를 나눌 뿐 신상을 밝히며 정식으로 인사를 나누지도 않았다. 그런데 어느 날 경찰관이 찾아와서 강청의 원룸 문을 두드렸다. 복도로 나가니까 사십대로 보이는 제복을 입은 남자 경찰관이 서 있었다. 용건은 105호 주 씨가 원룸으로 돌아오면 바로 지구대로 연락해달라는 내용이었다. 이유는, 주 씨가 삼 일 전에 지구대에 찾아와서 '빚을 내서 장사를 하다가 실패하고 막판에 몰려 죽으려고 하니 원룸열쇠를 주인에게 전해 달라'면서 막무가내로 열쇠를 맡기고 도망치듯이 가버렸기 때문이라는 거였다. 그래서 며칠 째 집에 돌아왔는지 확인하고 있는데 행방이 묘연하다는 것이었다. 강청은 그 말을 듣고 피식 웃음이 나왔다. 정말 죽을 사람이면 그런 코미디 같은 행동을 할까 싶어서였다. 그래서 그 경찰관에게 염려 안 해도 될 것 같다고 말했다. 그런데 인적이 없는 야산에서 나무에 목을 매어 죽은 주 씨의 주검이 발견되었다. 강청은 오래 동안 갑자기 둔기로 뒤통수를 심하게 얻어맞은 것 같은 후유증에 시달렸다.

202호 청년의 일은 참담하기까지 했다. 202호 청년은 휘발유 대신 경유를 잘못 주입하여 오토바이가 고장이 나서, 며칠 배달 일을 쉬다가, 직장을 잃게 되었다. 그러고 나서 그런 허드렛일을 하는 직장을 구하기도 쉽지 않았는지, 두더지처럼 하루 종일 이 층 원룸에만 처박혀 있다시피 했다. 어쩌다 쌀이나 라면 같은 먹을거리를 들고 충혈 된 눈으로 어깨가

축 처져서 들어오는 모습을 보일 뿐, 거의 바깥출입은 하지 않았다. 열등감이 심한 내향적인 성격인데다가, 말투에서 느껴지는 인상이, 세상에 대한 불만과 적대감도 심한 듯했다.

그러던 어느 날이었다. 강청이 늦은 아침을 먹으려고 상을 차려놓고 문을 열어놓은 채, 잠시 텃밭에서 풋고추를 따고 상추를 뜯어가지고 방으로 돌아왔더니, 돼지고기찌개냄비와 밥그릇이 어딘가로 사라져 버렸다. 아무리 주변을 살펴보아도 찌개냄비와 밥그릇이 보이지 않았다. 무엇에 홀린 기분이었다. 퍼뜩 202호 청년이 떠올랐다. 설마 그럴 리가 하는 생각과 굶주리다가 오죽 배가 고팠으면 하는 생각에, 이 층으로 올라가보려던 발걸음을 멈췄다. 며칠 후, 개집 앞 야외 수돗가에 찌개냄비와 밥그릇이 놓여 있었다.

그 일이 있고 나서 근동 마을에 밤에 좀도둑이 다닌다는 소문이 나돌았다. 그러던 어느 날 202호 청년이 자정이 넘은 시각에 원룸 마당을 지나 도로와 면해 있는 출입구 쪽으로 걸어 나가는 것이 눈에 들어왔다. 강청이 집필에 몰입하던 중에 눈이 피로해서 창밖을 바라보다가 202호 청년의 모습이 눈에 띈 것이다. 그는 곧바로 출입구를 벗어나지 않았다. 도로와 면한 출입구에 세워진 희미한 가로등 밑에서 경기에 앞서 준비운동을 하는 태권도선수처럼 발차기를 하는 등 몸을 유연하게 움직였다. 이번에도 어떤 불길한 생각이 빠르게 뇌리를 스쳤지만 강청은 마음속으로 세차게 도리질을 했다. 그러나 몇 차례 더 자정이 넘은 시각에 그의 그런 모습을 보고, 어느 날인가는 미명의 새벽에 무엇인가 물건이 담긴 자루를 어깨에 메고 들어오는 그를 바라보면서, 저도 모르게 "아, 하느님, 부처님……" 하는 탄식이 흘러나왔다. 그 일이 강청에게 고통으로 다가온 것은 그를 위하여 무엇을 해주어야 하는지, 그냥 방관하고 말아야 하는지, 막막했기 때문이었다. 그러면서 생뚱맞게 논어의 '자로'편에 나오는 섭공과 공자의 대화가 떠올랐다. "섭공이 공자에게 말하기를, 우리 마을에는 정직하게 행동하는 궁(躬)이라는 사람이 있는데 그의 아버지가 양을 훔치자 그는 아버지가 훔쳤다는 것을 증언하였습니다. 이에 공자가 말하기를, 우리 마을의 정직한 자는 이와 다릅니다. 아버지는 자식을 위하여 숨겨주고 자식은 아버지를 위하여 숨겨주니 곧음이란 바로 이 가운데 있는 것입니다."

강청은 갈등 끝에 쌀 한 포대 속에 십만 원이 든 봉투를 넣어 그 청년의 방문 앞에 놓았다. 그에게 용기와 위로를 줄 수 있는 말을 몇 마디 쪽지에 적었다가, 그 언어들이 얼마나 무위한 기만의 언어들이며, 그의 고통은 그의 언어로만이 치유하고 다스릴 수 있다는 생각에 찢어버렸다. 청년은 그 후 바로 어딘가로 떠나갔다.

"그래도 북미정상회담이 성사되어 다시 희망의 불씨가 보이는가 했는데…… 시원한 진척은 없고 지지부진하니……."

이창수 교장이 걱정스러운 눈빛으로 말끝을 흐리니까 황희동 교수가 냉소를 흘린다.

"트럼프가 누군데…… 뛰어난 사업가 아냐! 고도의 전략가고! 북한이 지난 5월 24일 풍계리 핵실험장을 완전히 폐기했다고 공식 발표하면서 비

핵화 과정에 들어가는 제스처를 취했으나, 트럼프가 예정했던 북미정상회담을 전격 취소한 것도…… 사실은 사업가로서의 고도의 전략이었다고 봐야 하겠지!"

황 교수의 말대로, 2018년 6월 12일에 싱가포르에서 열기로 예정되었던 북미정상회담을 트럼프 대통령이 전격 취소하자, 진보단체의 규탄집회가 이어졌다. 진보정당 민중민주당은 25일 서울 종로구 주한 미국 대사관 앞에서 규탄 집회를 열고 "북미정상회담을 무산시키고 또다시 이 땅에 핵전쟁 위기를 고조시키는 트럼프 정부를 강력히 규탄한다"고 주장했다. 또 한국대학생진보연합도 이날 같은 시간 종로구 광화문 KT 스퀘어 앞에서 "자국의 이익만을 생각하면서 자주적인 한반도의 평화와 생명을 좌지우지하려고 패권을 부리는 미국을 규탄한다"고 밝혔다. 이들은 "북한은 북미정상회담 개최 합의 이후 관계 정상화를 위한 행보를 보였지만 트럼프 대통령은 북미정상회담을 일방적으로 취소했다"며 "북측의 풍계리 시험장 폐쇄 조치에 미국은 평화협정으로 화답하라"고 요구했다.

그 후, 프럼프 대통령은 며칠 만에 태도를 바꿔, 북미정상회담을 예정한 날짜와 예정한 장소에서 개최한다고 공식 선언했다. 트럼프 대통령은 트위터를 통해서도, 북미정상회담이 재개되더라도 시간 부족으로 6월 12일에 열리기는 힘들 것이라고 전망한 뉴욕타임즈 보도가 틀렸다고 정면으로 반박했다.

트럼프 대통령의 말대로 북미정상회담은 세계의 이목이 집중된 가운데 예정한 날짜에 열렸고, 온 세계가 열광과 환호로 답했고, 협의 결과가 순조롭게 이행될 것으로 전망했으나, 그 진전은 미미한 상태다. 그렇게 시간이 흘러가는 사이 국민들은 경제 등 난항을 겪고 있는 국내 문제로 또다시 시름이 깊어지고 있다.

강청은 이 교장과 황 교수의 말을 듣고 있다가 무겁게 입을 연다.

"미국의 태도에, 아니 트럼프의 태도에 너무 일희일비할 거 없어. 한 손에는 성경을 들고 한 손에는 칼을 들고 인디언의 땅에 들어와서 세계 평화를 외치고 있는 나라가 미국의 본모습이 아닌가? 평화는 진정한 상생과 조화에서만이 가능해. 그것은 아름다운 공존이지. 1854년 미국 대통령 피어스가 인디언 부족들에게 땅을 팔라고 강요했을 때 스퀴미시(suquamish) 부족을 이끌던 시애틀 추장이 답한 연설문은 우리에게 진정한 상생과 조화가 무엇인가를 웅변하고 있지.

시애틀 추장은 말했어. '그대들은 어떻게 하늘이나 땅의 온기를 팔 수 있는가? 우리로서는 이상한 생각이다. 공기의 신선함과 반짝이는 물을 우리가 소유하고 있지도 않은데 어떻게 그대들에게 팔 수 있다는 말인가? 우리에게는 이 땅의 모든 부분이 거룩하다. 빛나는 솔잎, 모래 기슭, 어두운 숲속 안개, 맑게 노래하는 온갖 벌레들, 이 모두가 우리의 기억과 경험 속에서는 신성한 것들이다. 나무속에 흐르는 수액은 우리 홍인(紅人)의 기억을 실어 나른다. 백인들은 죽어서 별들 사이를 거닐 적에 그들의 태어난 곳을 망각해 버리지만, 우리가 죽어서도 이 아름다운 땅을 결코 잊지 못하는 것은 이것이 바로 우리 홍인의 어머니이기 때문이다. 우리는 땅의 한 부분이고 땅은 우리의 한 부분이다. 향기로운 꽃은 우리의 자매이다. 사슴, 말, 큰 독수리, 이들은 우리의 형제들이다. 바위산 꼭대기, 풀의 수액, 조랑말과 인간의 체온 모두가 한 가족이다.'라고.

그런데 지금 트럼프는 피어스 대통령처럼, 자국 우선의 패권주의를 앞세우고 약소국들에게 여전히 헐값에 땅을 팔라고 으름장을 놓고 있어! 어느 경우에도 우리의 자존이 흔들려서는 안 돼! 어떤 시련과 도전에 직면해도, 남과 북은, 한 민족으로 공존하며 번영의 길로 나아가야 돼! 남과 북도 홍인(紅人)의 피가 흐르고 있는 선한 민족이야. 기독교의 역사상 한국처럼 가혹한 박해 속에서도 짧은 시간 안에 복음이 전파된 나라가 없고, 대대로 내려오던 천형 같은 가난의 굴레를 그처럼 빨리 극복한 나라가 없어. 그 원천은, 하느님의 의에 합당한, 선하고 의로운 민족이었기 때문이야."

강청의 말에 이동형 교수가 토를 단다.

"그건 남한의 얘기잖아. 북한의 현 체제에서도 그것이 가능하다고 낙관할 수 있는 확신이 있어? 환상이라고 회의하는 사람도 많은데……. 외국 사람들도 많이……."

"그렇겠지. 우리 민족의 저력을 잘 모르는 외국인, 특히 서양 사람들에게는…… 언젠가 한 영국인 청년이 '한국 정치는 참 이상하다. 진정한 의미의 보수도 진보도 아니면서 기이하게 좌우 진영 논리가 모든 정치적 아젠다를 집어삼켜 합리적인 중도가 설 자리가 없는 나라다'라고 했는데, 그들의 시각으로 보면 한국은 분명히 이상한 나라지.

불과 1년여 전, 북한은 '서울 불바다'론을 계속 외쳐댔고 한반도 상공에는 북한이 쏜 미사일이 날아다녔어. 그때 외국 언론들은 한반도 위기를 크게 보도하면서 '여행주의보'까지 발령했는데 오히려 국내는 평온하여 '이상한 나라'라는 소리를 들었어. 최근의 상황만 해도 그래. 남북 정상이 만나 군사적 긴장 완화에 합의를 했고, 지뢰제거, 감시초소 철거 등 육해공에서 획기적인 조치가 이루어지고 있으나, 이러한 평화조치에 대해서 우리 국민은 무감각할 정도로 감정의 진폭이 없잖아.

그런 한국이, 6.25전쟁 직후부터 10여 년 동안 세계에서 최빈국이었던 한국이, 그로부터 50년 후 종합 국력이 10위대를 기록하고 있으니, 참 이상한 나라는 이상한 나라지! 그 이상함의 저력은 어떤 지각변동에도 쉽게 흔들리지 않는 우리 민족 특유의 은근과 끈기의 힘이라고 생각해. 나는, 이번의 이 한반도의 변화도, 우리 민족이 끈기 있게 버티며 기다려왔기 때문에 온 기회라고 믿고 싶어. 어떤 일이 있더라도 이 기회를 무위로 되돌려서는 안 돼! 횃불만 바라보고 가야 돼!"

"횃불? 무슨 횃불?"

황 교수가 묻는다.

"아…… 무슨 횃불이냐고? 지난번 북한의 평창올림픽 참여와 남북문제의 현안을 협의하기 위해 천안함 폭침 사건의 주범이라고 하는 북한의 김영철이 서울에 올 때, 야당과 유족들의 극열한 반대로 시끄러웠잖아. 그때 신문 칼럼에 비유로 쓴 얘기야.

어떤 사람이 아버지를 죽인 원수를 찾아 평생을 헤매다가, 칠흑 같은 한밤중에 천애의 벼랑길을 지나가게 되었어. 한 발만 헛디디면 벼랑 아래로 떨어져 곧바로 황천행이지. 식은땀을 흘리며 안절부절못하고 있는데 어떤 사람이 맞은편에서 횃불을 들고 걸어오고 있는 거야. 얼마나 반갑겠어. 구세주가 따로 없지. 그런데 막상 코앞에 다가와서 보니까, 그렇게 애타게 찾아 헤매던 바로 그 원수가 횃불을 든 사람인 거야! 어떻게 행동해야 돼? 당장 끓어오르는 분노를 자제하지 못하고 원수를 벼랑 아래로 밀어버려야 돼? 그러면 횃불도 함께 꺼져! 우선은, 원수는 보지 말고 횃불만을 바라보아야 하는 거 아닌가? 김영철은 그때 상황이나 입장이, 횃불을 든 원수나 다름없는 위상의 존재였어!

지금 상황도 똑같아! 미국이든, 중국이든, 러시아든, 어느 나라 어느 누구든, 그들이 우리 민족의 번영을 담보할 수 있는 횃불을 들고 있다면, 남과 북은 어떤 고행을 감수하더라도, 그 횃불을 꺼쳐서는 안 돼! 우선은 그 횃불만 바라보고 천애의 벼랑길을 건너가야 돼! 나머지 문제는 그 다음에 현명하게 처리하면 돼! 우리 민족은 독일 이상으로 그런 저력이 있어! 아까 영국 청년이 말한, 중도의 설 자리가 없는 거 같은데 종국에는 중도의 자리를 만들어내는 이상한 나라가 바로 우리 민족이야! 한국 현대사의 거의 모든 비극은 남북문제와 연결돼 있어. 제주 4·3사태, 여순 반란사건 등…… 친일 문제처럼 참회와 용서와 소통으로 해결하지 않으면 우리 민족의 미래는 밝을 수가 없어. 안 그래?"

"그래, 당신 말대로 그렇게 됐으면 좋겠어……."

황 교수가 말끝을 흐리자 강청이 다시 힘주어 말한다.

"좋겠어, 가 아니야! 반드시, 그렇게, 돼야 해! 되게 해야 해!"

강청이 감정 노출이 너무 심했지 싶어 조금 머쓱해 있는데, 출입구 쪽 카운터에 앉아 있던 여주인이 밖을 내다보며 투덜거린다.

"또 비가 오네! 장마도 아닌데 가을비가 왜 이렇게 찔끔거리는지 몰라! 날씨까지 변덕이 팥죽 끓듯 하니, 원!"

이제 일어나서 가자

1

"그만 내려가요."

"아니야. 오늘은 내가 당신 곁에 있어 줄게."

"그럴 거 없어요. 인제 몸도 많이 추슬러졌잖아요."

"아니래두……."

강청은 방사선 치료를 받고 더 초췌해진 아내를 처연히 바라본다.

"당신한테 알리지 말라고 신신당부했는데……."

아내가 혼잣말처럼 말끝을 흐리고는 병실 창밖으로 시선을 옮긴다. 강청도 무연히 아내의 시선을 좇아간다.

아내가 서울 아산병원에서 림프종 수술을 받고 입원해 있다는 것을 강청에게 맨 처음 알린 것은 작은아들이었다. 그리고 큰며느리가 전화로 강청더러, 아버님도 와 보셔야 하지 않아요, 하고 안타까움과 서운함이 깔린 목소리로 채근하듯이 말했다. 강청은 큰며느리의 그 말을 들으며, 까마득히 잊고 있었던 고액의 채무 독촉장을 느닷없이 전해 받아 든 채무자처럼 착잡했다. 회한과 자책이 뒤엉킨 착잡함이었다.

강청은 외형상으로는 아내와 화해를 하고 두 아들네와 함께 가족모임을 하면서도 사실상 별거나 다름없는 생활을 계속했다. 어쩌다가 가족모임을 하고 아내의 집에서 자는 날도 각기 다른 방에서 잤다. 오랜 별거 때문이기도 하겠지만, 한 방에서 자자니 편치가 않았다. 마치 낯설고 불편한 여인숙에 든 것 같은 기분이었다. 이십대에는 포개어 자고, 삼십대는 붙어서 자고. 사십대는 마주 보고 자고, 오십대는 손잡고 자고, 육십대는 각방 쓰다가 칠십대는 어디서 자는지도 모른다는 친구들의 말이 떠올라 쓴웃음이 나오기도 했다.

내심 마음의 출가를 하고 나머지 삶에 아름다운 마침표나 찍는 일에 몰입하자고 마음을 굳힌 그다. 아내도 신앙생활로 자신을 위무하면서 자유롭게 삶을 즐기는 것에 만족하는 것 같기도 했다. 그런데 아내는 최근에 이르러서 가끔 카카오 톡으로 '부부란 누구인가' 등의 좀 생뚱맞은 동영상을 보내오기도 했다.

그러고 보니 아내가 수술 받기 얼마 전에 보내온 동영상의 내용이 예사롭지 않게 느껴진다. '아내란 바가지를 긁으면서도 그 바가지로 가족을 위해 밥을 해주는 사람/ 아이들을 혼내고 뒤돌아 아이를 보다가 더 많은 눈물을 흘리는 사람/ 친정엔 남편의 편이 되어 모든 물건 훔쳐다가 남편을 위한 남편의 편인 사람/ 남편과 아이들만 보고 울고 웃다가 결국엔 이 세상을 떠나는 사람/ 남편이 저 세상에 가는 길에도 끝까지 홀로 남아 못다한 정 아파하며 울어주는 사람/ 가족이 먹다 남은 밥을 먹으면서도 행복해 하는 사람/ 당장 잃어버린 1000원에 안절부절못해도 남편과 자식 위해 아낌없이 희생하는 사람/ 아내는 늙어서까지도 남편에게 만큼은 여자이고 싶은 소녀 같은 친구/ 때로는 엄마로, 아내로, 며느리로, 맞벌이 부부로, 1인 4역을 끄떡없이 해내는 무한한 에너지의 소유자/ 하지만 언제나 지칠 수 없고 지칠 것 같지 않던 아내에게도 주름진 얼굴과 흰머리에 나약하고 힘없는 시기가 오게 됩니다/ 이 세상에서 그런 아내에게 에너지를 충전해 줄 수 있는 사람은 오직 남편 한 사람뿐입니다/ 남편의 따뜻한 포옹, "고마워" "사랑해"라는 말 한마디에도 아내는 이 세상을 들었다 내려놓을 수 있을 만큼의 큰 에너지를 충전 받습니다/'

강청은 그 동영상을 보고, 늙으면 애가 된다더니 왜 안 하던 치기 어린 짓을 하나 하는 생각이 들면서도, 자신 때문에 식구들이 나락에 떨어져 긴 어둠의 터널을 빠져나올 때, 아내가 충실하게 가정을 지켜준 것이 새삼 고맙고 미안해서 가슴이 먹먹해왔다.

"의사 말대로……."

강청은 창밖에 주었던 시선을 아내 쪽으로 돌린다.

"비호지킨 림프종이 아니라 예후가 좋은 호지킨병이라니까 크게 걱정하지 않아도 될 거 같아. 종양 부위도 작다고 하고……."

"주치의한테 물어봤어요?"

"작은애하고 같이 들었어."

의사의 말에 의하면, 호지킨 림프종의 가장 흔한 증상은 경부 림프절 비대이거나 겨드랑이 림프절, 서해부(사타구니) 림프절 비대라고 했다. 그 이외에 침범되는 장기로는 폐·뼈·골수·간 등인데 아내의 침범 부위는 폐라고 했다. 그러면서 호지킨 림프종은 방사선 치료와 항암제 치료에 예민하여 완치율이 높은데, 아내는 항암제와 방사선 치료를 받고 있으므로 크게 걱정은 안 해도 될 것 같다는 말도 덧붙였다.

"괜찮아요…… 이제 눈에 밟힐 것도 없으니……."

아내가 말끝에다가 또 한숨을 보탠다.

"당신한테나 미안할까……."

강청은 아내가 무슨 뜻으로 그런 말을 하는지 알면서도 딴청을 피운다.

"윤희, 민희, 도영이…… 고것들 예쁘게 크는 걸 보는 것만으로도 배가 불러…… 윤희는 예술적 재능까지 타고 난 거 같아……."

윤희는 일곱 살짜리 큰손녀고 민희와 도영이는 네 살 난 손녀와 손자다.

"……다행이네요…… 그래도 당신…… 많이 후회했잖아요……."

"뭘?"

"나와 만난 걸요."

"……."

"그렇지요?"

"뚱딴지 같이 왜 그런 소리를 해……."

"아니라는 말은 안 하네요."

"남은 시간 살다 가기도 바빠…… 병실은 2인실인데…… 다른 환자는 없어?"

강청은 아내의 시선을 피해 병실 안을 둘러본다. 병실은 가운데 겸용 화장실을 두고 출입구 쪽과 창 쪽으로 병상이 나뉘어져 있다. 아내의 병상은 창 쪽에 위치해 있다. 병상 앞에는 간이식 보호자 침대가 마주 놓여 있고 의자도 하나 곁들여 있다. 강청은 창가에 놓인 의자에 앉아 병상에 기대어 앉은 아내를 마주하고 있다. 염색을 못한 아내의 머리칼이 백발에 가깝다. 얼굴은 초췌해졌어도 단아한 기품이 무너지지는 않았다.

"팔십이 넘은 여자 노인이 췌장암 수술을 받고 입원해 있었는데…… 자식들이 요양병원으로 옮겨 갔어요. 하늘나라로 가는 비행기를 태워 보내려고 공항 대합실로 데려간 거지요. 요양병원에서 나오는 환자는 없으니까……."

아내가 또 가볍게 한숨을 내쉰다.

"그 몸으로 요양병원에 실려 가면서도 남편 걱정을 해요. 그래도 집에 있는 성치 않은 남편을 돌봐 줄 사람은 자기밖에 없다고 하면서…… 마음이 아프데요."

강청도 그 말을 듣고 조금 울적해져서 다시 창밖으로 눈을 준다. 석양을 밀어내며 시나브로 어둠을 받아들이고 있는 한강이 시야로 다가온다. 강 건너 멀리 고층 아파트 위에 얹힌 하늘과 산들이 조금 흔들려 보인다. 감정의 흔들림 때문인가.

"당신, 나 만난 거 많이 후회했지요? 나도 후회했어요. 분수에 맞지 않는 욕심을 부렸다고…… 그래도 한 삼 년은 행복했어요. 하늘에서 별을 따온 것처럼…… 나보다 더 행복한 년이 있으면 나오라고 소리치고 싶었지요. 그런데 그게 아니었던 거예요. 아이까지 있었던 이혼녀가 총각과 새 출발을 한다는 게 그 당시로는…… 주홍글씨처럼, 그 낙인은 지워지지 않는 거였어요."

강청은 창밖에 시선을 준채 대꾸하지 않는다.

"제일 참을 수 없었던 건 당신이 다툴 때 과거 얘기를…… 어느 때는 애들이 듣는 데서…… 나처럼 똑같은 상황에서 재혼하려는 여자가 있다면 도시락을 싸들고 다니며 말리고 싶은 심정이었어요. 거기다 어머니까지……."

"어머니 얘기는 왜? 누구보다 당신을 이해하고 애들 키워주시며 희생한 분 아냐?"

"처음에는 그랬지요. 나를 딸처럼 생각한다고…… 드라마를 같이 보면서 당신 비슷한 주인공이 나오면 '저 사람 큰애 같지 않으냐'고 서로 공감을 나누시기도 하면서…… 그런데 출가한 당신 여동생이 끼어들면서 어머니와의 사이가 벌어지기 시작했어요. 딸과 어머니가 죽이 맞아서 나는 차츰 개밥의 도토리가 되고…… 무당집을 찾아다니며 굿이나 하고, 딸과 작은아들을 집 근처로 이사를 시켜 그 집 애들 돌봐주느라고 우리 애들한테는 소홀하신 것 같기도 하고…… 암튼, 당신 형제들이 우리 가정을 흔들어놓으면서 어머니는 물론, 당신하고도 갈등이 생기게 된 거지요. 거기다 우직하기만 한 당신은 내 편은 안 들고 어머니편만 들고…… 당신은 여자 맘을 몰라도 참 너무 몰라요. 바보 같았다니까…… 하긴…… 그러니까 바보같이 나 같은 여자하고 결혼했지. 따르는 여자들도 많았는데……."

"시시콜콜 지금 그런 거 따져서 뭘 해."

"그렇기는 해요. 그리고 내가 시어머니가 돼 보니까, 어머니 심정을 이해할 것 같아요. 나도 며느리들을 딸처럼 사랑하고 이해한다고 하면서도 그게 맘대로 안 되더라고요. 사소한 것에서부터 고부간의 갈등은 생기는 거더라고요."

"며느리들이 잘 하고 있잖아. 큰며느리하고는 죽이 잘 맞아 짝자꿍 소리가 요란하고."

"작은며느리도 감정 표현이 무딘 것 말고는 나무랄 데가 없어요."

"자라난 환경이 각기 다른데 같을 수가 있나, 직장에서 적응하는 분위기도 다르고!"

"누가 뭐래요. 고맙지요. 요새 세상에 그만한 며느리가 어디 있나요. 즈네들이 열심히 잘살아주는 것만으로도 감지덕지지요. 다아, 내 욕심이에요."

아내는 허공에 시선을 던지고 스쳐간 지난날들을 더듬고 있는지, 골똘히 생각에 잠기다가 입가에 미소가 번진다. 아내가 정색을 하고 강청을 바라본다.

"당신 나한테 딱 걸렸을 때, 어떤 기분이었어요?"

"뭘?"

"그 여자 말예요?"

"그 여자?"

"불붙었던 여자 말예요. 차선희……."

"에이, 무슨 불은……."

강청은 말은 그렇게 하면서도 한 때의 불장난에 얼굴이 붉어진다. 불장난. 그랬다. 멋모르고 불가에 다가섰다가 옷에 불이 붙어 하마타면 소방차까지 불러 동네가 시끄러울 번했던 불장난이었다.

벌써 삼십 년도 더 전 일이다. 어느 여름날, 고등학교 재직 때 존경했던 교감선생 네 집에 찾아갔다가 그 집 근처에 있는 술집에서 술을 마셨다. 마담주인이 삼십대 중반의 나이보다 앳된 게 첫눈에 보아도 남자들이 호감을 가질 만한 여자였다. 여자는 강청에게 살갑게 대하며 호감을 보였다. 교감이 강청더러 송촌동에 있는 계족산 계곡으로 더위를 식히러 가자고 하니까, 마담이 문을 닫고 자기도 따라가면 안 되겠느냐고 물었다. 교감이 좋지, 하니까 술과 안주를 챙겨가지고 따라나섰다. 그 후 교감과 여러 차례 술집에서 같이 만났는데, 공교롭게도 마담이 강청 네 집 근처에서 어머니와 함께 살고 있어서, 늦은 시각에 함께 귀가하는 일도 종종 있었다. 마담의 자청으로 가끔 야외로 드라이브도 했다. 그러나 강청이 선을 넘을 정도로 호감을 보이거나 행동을 표하지는 않았다. 그러던 어느 달 밝은 밤이었다. 후미지고 인적이 없는 야외 잔디밭이었다. 여자가 갑자기 옷을 훌훌 벗고 발랑 눕더니, 가려면 혼자서 가라고 했다.

"당신, 그 말 생각나요? 지금도 그 생각하니까 어이가 없고 기가 막혀서 웃음이 나네요."

"무슨 말인데?"

"그 상황에서 그냥 돌아서면 그게 사람이냐고 한 말, 생각 안 나요?"

"그랬었나……."

"그 다음 말이 더 웃기지요."

"뭐라고 했는데?"

"유머랍시고 너스레를 떨면서 하던 말…… 남자 교수와 여자 교수가 같이 세미나에 참석하게 되었는데 밤늦게 세미나 장소에 도착해 보니까 모텔에 방이 하나밖에 없더라. 어쩔 수 없이 같은 방을 쓰게 되었다. 여 교수가 카운터에 전화를 해서 성경 열 권을 가져오라고 하더니 방 한 가운데에 금을 긋듯이 죽 늘어놓더라. 그러고 나서 남자 교수한테 하는 말. 이 선을 넘어오면 짐승이다. 남자 교수는 짐승이 되지 않으려고 밤새 고통스러워하며 뜬눈으로 지새웠는데, 새벽이 되자 여 교수가 일어나 옷을 챙겨 입고 남 교수를 지긋이 쏘아보면서, 짐승만도 못한 노옴! 그랬다면서요?"

"……."

"지금도 당신이 짐승만도 못한 남편이 되지 않은 걸 축하할 기분은 아녜요. 그때는 정말 심각했어요. 당신 성격에 불이 붙었는데 어렵겠구나, 자포자기의 심경이었어요. 더 지속되었으면 정에 약한 당신이 매정하게 끊기도 어려웠을는지 몰라요. 하늘이 도운 거지요. 제 발로 자청해서 꼬리를 잡혔으니 망정이지……."

여자는 강청에게 순정을 확인시켜 준답시고, 강청과 있었던 일을 일기를 쓰듯이 써서 강청의 차 운전석 옆에 놓았는데, 그것이 대문 앞에 떨어져 아내에게 발견된 것이다.

"당신 왜 그렇게 당당했어요? 지금도 그렇지만……."

"왜 구질구질하게 내 인생을 설명하면서 살아야 돼? 책임질 것이 있으면 지고, 대가를 지불해야 할 것이 있으면 지불하면 되지!"

"암튼, 당신 보통 사람은 아녜요. 끊고 맺는 것도 그렇고…… 개들한테 하는 것도 그랬고…… 개들한테 하는 걸 보고 많은 생각을 했어요. 바우는 어떻게 죽은 거예요?"

"노환으로 죽은 거지 뭐. 걷기도 힘들어 했어."

수캐 바우도 시월 초에 죽었다. 암캐 하니처럼 바우의 죽음을 알려온 것은 주인여자였다. 역시 아침이었다. 주인여자가 핸드폰으로 바우가 개집 문 앞에서 눈을 못 감고 죽어 있다고 했다. 강청이 바빠서 여러 날 못 가면 강청이 찾아오는 출입구 쪽을 하염없이 바라보며 서 있곤 했는데, 죽는 순간까지도 강청을 애타게 기다리다가 눈을 못 감고 죽은 것 같다고 했다.

바우는 정말로 턱을 출입구 쪽으로 향한 채 눈을 뜨고 엎드려 죽어 있었다. 강청은 작은아들과 함께 바우를 하니가 묻혀있는 뒷산에다 묻어 주었다. 작은아들이 근무하는 날이어서 한용이의 도움을 받고 싶었지만, 한용이는 몇 달 전에 봉순이 모녀를 데리고 계룡산으로 들어가서 염소를 키우고 있었다. 그래서 작은아들이 반나절 연차휴가를 내어 바우의 시신을 수습해 주었다.

"하니 옆에 묻어 주었어요?"

"조금 비켜서 위쪽에 묻어 주었어."

"왜요? 옆에다 묻어 주지 않구……."

"옆자리가 비탈진데다가, 안산 좌향이 안 좋아."

"풍수까지 봐서 장례를 치러줬단 말예요? 전문가도 아니면서……."

"전문가가 따로 있나. 풍수는 말 그대로 장풍득수(藏風得水)가 기본 원리야. 바람을 막고 물을 얻을 수 있는 곳이 명당의 요처지. 좌 청룡 우 백호는 편안하게 감싸 줄 수 있는 산세를 말하고 득수는 물을 얻을 수 있는 곳을 말하지. 물은 생명의 근원이니까. 그래서 한국의 마을은 대개 뒷산이 있고 앞에 실개천이 흐르는 곳에 취락이 형성되어 있지.”

“풍수가 맞기는 맞아요? 아직도 묘 자리를 잘 써야 자손이 잘된다고 명당 타령들을 하는 거 같은데.”

“글쎄…… 무학대사가 한양에 도읍을 정할 때, 풍수상으로 다 좋은데, 두 곳에 흠결이 있어서 국운이 500년밖에 못 갈 것 같은 거야. 관악산에 화기가 들어있고, 남산 장충공원 옆쪽의 지세가 끊겨…… 그래서 그 방편으로 경복궁 대궐에 바다사자 해태를 세워 관악산의 화기를 막으려고 했고, 동대문, 흥인지문을 세워 중곡동 쪽의 허함을 막으려고 했지만, 이조는 결국 500년으로 끝났잖아. 고려가 망할 때도 세검정에 오얏나무가 성해서 오얏 이씨가 새 왕조를 세우게 될 것이라는 풍문에 오얏나무를 베어냈지만 소용이 없었구.”

“그래도 개한테까지 풍수를 봐서 무덤을 써주는 사람은 당신밖에 없을 거예요.”

“이 세상에 왔다가 무로 돌아가는 생명은 다 똑같지, 다를 게 뭐 있어.”

“그래요. 작은애가 카카오 톡으로 바우의 무덤 사진과 함께 보낸 문자를 보면서 묘한 기분이더라구요.”

“뭐라고 했는데?”

“바우도 결국 흙으로 돌아갔습니다, 라고요.”

강청은 잠시 숙연한 기분이 된다. 아내가 한참 침묵해 있다가 묻는다.

“그 여자 지금, 어디서 어떻게 살고 있을까요? 삼십 년이 흘렀으니 그 여자도 이제 나처럼 할머니가 되어 있겠지요? 죽음을 기다리면서…… 아직 고별사는 안 했겠지요?"

"모르지. 죽음에 선후배가 있나. 오늘은 내 차례요, 내일은 네 차례다. 나도 어제 나와 같았으니 너도 내일 나와 같으리라. 죽음의 실상이 그런 거 아닌가?"

"우리 그런 얘기 그만 해요. 자꾸 더 우울해지네요. 지나고 보니까, 인생 정말 아무것도 아녜요. 테레사 수녀님의 말씀대로, 낯선 여인숙에서의 하루 밤, 그게 인생인 거 같아요."

"몰랐어? 모두가 지나가는 한 때의 바람이었지. 내가, 수녀 얘기 말고 스님 얘기 하나 해볼까?"

아내가 말없이 강청을 바라본다. 허탈하면서도 막 무거운 짐을 내려놓은 사람처럼 홀가분한 표정이다.

"불경에 마하가전언 스님과 소레시아라는 사람 얘기가 나와. 마하가전언 성자 스님은 성품도 훌륭하지만 용모가 부녀자들이 음심을 품을 정도로 잘 생기셨대. 특히 피부가 백옥처럼 곱고 부드러웠대. 소레시아는 아이가 둘이나 있는 남잔데도 마하스님을 보고 마음속으로, 저렇게 아름다운 피부를 가진 여자와 한번 살아봤으면 좋겠다, 고 음심을 품다가 벌을 받았어. 갑자기 아름다운 여자의 몸으로 바뀐 거지."

"좋았겠네요. 소원대로 돼서."

"좋기는…… 황당했겠지. 바뀐 몸으로는 집에 돌아갈 수도 없구…… 고심하면서 길을 헤매다가 지쳐서, 소레시아는 길거리에 놓아둔 상인들의 마차에 올라가 잠이 들었어. 상인들은 오고 갈 데도 없는 소레시아의 딱한 사정을 듣고, 그러면 자기들하고 같이 어느 큰 도시로 가자고 했어. 왜냐하면 그 도시에는 아주 큰 부자가 살고 있었는데 큰아들 때문에 속을 썩이고 있었거든."

"왜요?"

"혼기가 지났는데도 장가들 생각을 안 하는 거야. 마음에 드는 색시감이 없어서. 그래서 그 큰 부자가 중매를 성사시키면 사례를 많이 하겠다고 했거든. 상인들이 보기에, 소레시아는 인물도 빼어나고, 행색이나 언동이 명문 집안의 규수인데, 어떻게 잘못 돼서 길을 잃고 처량한 신세가 된 거라고 생각했거든……."

"……."

"부자집 아들은 소레시아를 보고 흡족해 했어. 그래서 소레시아는 그 집 며느리가 됐지. 그 집 아들이 마음에 들기도 했지만, 운명이 이렇게 바뀐 바에야 그냥 순응하자는 자포자기의 심정으로. 소레시아는 행복하게 살면서 그 집에서 또 아이를 둘 낳았어. 그 집은 후덕한 집안이어서 길손이 찾아오면 누구든 극진히 대접해서 보냈고 소레시아도 손님들에게 친절했어. 그런데 어느 날, 사랑채에 유숙하는 손님들의 말소리가 들리는데 낯익은 목소리들인 거야. 보니까, 친하게 지냈던 고향 친구들이야. 소레시아는 친구들에게 자기가 바로 옛날에 절친하게 지냈던 그 소레시아라고 말했어. 친구들은 믿으려고 하지 않았어. 도통 이해가 안 되는 주장을 하니 맛이 좀 간 모양이라고 생각했겠지. 소레시아는 자기가 여자가 된 연유와 자기 집안 얘기, 고향 동네 얘기를 기억나는 대로 소상하게 다 말했어. 그러면서 마하스님을 만날 수 있으면 용서를 빌고 속죄하고 싶다고 말했어."

"친구들이 그 말을 믿었어요?"

"응. 소레시아의 말에 하나도 틀림이 없었으니까. 그 친구들은 이 집 주인의 초청사찰 법회에 바로 그 마하스님을 수행하고 온 친구들이었어. 친구들은 마하스님을 만나게 해주겠다고 했어. 그래서 소레시아는 마하스님을 뵙고 용서를 빌어 다시 남자가 됐어. 소레시아는 남편에게 자기는 이제 고향의 본집으로 돌아가겠다고 말했어. 남편은 황당했지만 그냥 아이들을 같이 키우면서 살자고 했어. 그러나 소레시아는 뿌리치고 고향의 옛집으로 돌아왔어. 하지만 식구들이 받아들이지 않았어. 소레시아는 이미 오래 전에 죽은 사람이라고."

"그래서 어떻게 했어요?"

"모든 걸 포기하고 마하스님의 제자가 되어 열심히 불도를 닦아서 깨달음을 얻었지. 그런데 재미있는 것은……."

"……?"

"사람들이 소레시아에게 물었어. 남자와 여자였을 때, 어느 때가 더 아이들이 사랑스럽더냐고. 소레시아는 여자였을 때라고 대답했어. 사람들이 또 물었어. 여자와 남자, 어느 때가 더 행복했느냐고. 다시 선택하라면 여자가 되겠느냐 남자가 되겠느냐고."

"뭐랬어요?"

"남자도 여자도 되기 싫다면서, 지금 이 상태가 제일 좋다고 대답했어. 깨달음을 얻어 고뇌에서 자유로운 인간이 되는 것이 삶의 완성이라는 얘기겠지."

"재밌네요."

"당신도 이제 어지간히 견성을 한 거 같으니까, 다 놓아버리고 반납할 육신의 병기 손질이나 잘해. 그동안 세상과의 전투에서 많이 손상을 입었잖아."

아내가 희미한 미소를 입가에 올리며 창밖으로 시선을 옮긴다. 창밖의 하늘은 놀도 지고, 하나 둘 눈을 뜨기 시작하는 도회의 불빛을 서서히 받아들이고 있다.

강청은 의자에서 몸을 일으킨다.

"불을 켤까?"

"아니요. 그냥 이대로가 좋아요."

강청이 아내의 곁으로 다가간다.

"당신 너무 오래 앉아 있었어. 누워. 내가 안아서 뉘어줄게."

강청이 아내를 안으려고 하자 아내가 코맹맹이 소리를 한다.

"내동 안 하던 짓을 왜……."

말은 그렇게 하면서도 아내는 거부하지 않는다. 팔을 벌리자 아내가 두 손으로 강청의 목을 껴안는다. 강청이 어색한 자세를 바로잡으려고 허리를 구부리고 있는데, 강청을 감싸 안은 아내의 어깨가 작게 들먹인다. 숨죽여 우는 미동이 가슴으로 전해진다.

2

"교수님 감사해요. 보내는 선교사님이 되어주셔서."

"선교사는 무슨…… 다혜의 거룩한 선교활동에 박수를 보내는 의표일 뿐이지. 많은 액수도 아니고."

"많지 않기는요, 백만 원이나 되는데…… 액수보다도 저에게는 교수님께서 동참해 주시는 자체가 기쁘고 의미가 커요. 단기선교 자금을 모으려고 윈윈 미션프로젝트를 시도했지만 많은 어려움을 겪었어요. 그렇지만 열심히 기도하며 간구했더니 하느님께서 놀랍게도 저의 기도를 들어주시고 길을 열어주셨어요. 교수님의 마음 문까지도 활짝 열어주셨잖아요!"

다혜는 연주와 함께 k대학의 윈윈 미션 프로젝트의 공유단에서 해외 단기선교단원으로 활동해왔다. 그런데 동참자가 적어 한 번도 제대로 된 해외 선교를 하지 못했다고 했다. 윈윈 미션프로젝트는 가는 선교사와 보내는 선교사의 온전한 연합을 의미한다. 선교에 가지 않는 이도 보내는 선교사로 참여하면서 공동체 안에 복음 운동이 일어나는 것을 볼 수 있다는 것이다. 보내는 선교사는 재정 후원을 통해 복음 전파의 기쁨과 영광을 함께 누리는 것이다. 강청은 용주의 신학교 입학으로 인한 실의를 갈무리고 해외선교에 나가는 다혜에게 격려의 박수를 보내는 심정으로 보내는 선교사가 돼 주었다. 실은 연주를 대신해서 재정 후원으로나마 다혜와 동행하겠다는 마음이 더 컸는지 모른다. 세월호를 인양하여 정밀하게 실시한 수색작업에서도 끝내 연주의 육신의 흔적을 찾을 수 없었다. 용주도 연주를 가슴에 묻고 신학교에 입학했다.

"이번 선교는 어디로, 몇 사람이나 떠나?"

"동아시아 12명, 네팔 4명, 터키 6명, 라오스 4명, 삿뽀르 3명, 몽골 3명, 북방선교 4명, 총 36명이 피 묻은 그리스도의 복음을 들고 세계로 나아갑니다."

"어려움이 많을 거야……."

"걱정하지 않아요. '강하고 담대해라. 두려워하지 말며 놀라지 말라. 네가 어디로 가든지 네 하나님 여호와가 너와 함께 하느니라 하시니라'는 민수기의 말씀을 붙들고 매달려야지요!"

"좋아! 다혜가 다시 자신감 넘치는 긍정적인 모습으로 우뚝 선 모습이 보기가 좋아! 세속의 인연에 연연하지 않고……."

"세속의 인연이라시면……."

다혜가 말끝을 흐리면서 찬찬히 강청의 표정을 살핀다.

"용주 오빠 두고 하시는 말씀이신, 가요?"

다혜가 갑자기 진지한 눈빛으로 다가오자 강청은 짐짓 딴청을 부린다.

"커피 다 식겠다. 커피부터 마시자."

"……."

강청은 다혜의 시선을 피해 커피를 한 모금 마시고 창밖을 바라본다. 정오를 지난 햇살이 드넓은 저수지에 부챗살처럼 퍼지고 있다. 활엽수들이 옷을 거의 다 벗은 십일 월 하순의 산들이 물감이 번진 수채화처럼 저수지에 고즈넉이 드리워 있다.

세종시 연서면 고복리에 위치해 있는 고복저수지는 농업용수를 공급하기 위한 목적으로 만들어졌지만, 가물치, 붕어, 잉어, 메기 등 풍부한 어종을 가지고 있어 주말이면 전국에서 많은 낚시꾼들이 몰려온다. 또한 저수지 한편에 주변 경관과 조화를 이루고 있는 야외 조각공원이 있고 저수지를 둘러싸고 있는 벚나무 길이 터널을 이루어, 봄이면 방문객들로 몸살을 앓는다. 강청도 가끔 지인들과 어울려 이곳을 찾는다. 메기탕으로 유명한 맛 집이 저수지 위쪽에 있기 때문이다. 오늘도 강청은 다혜와 조치원역에서 만나 다혜의 승용차로 고복저수로 와서, 메기탕 맛 집에서 점심을 먹고 근처 커피전문점으로 자리를 옮겼다. 평일이고 계절이 겨울 초입이어서인지 손님이 많지 않았다. 넓은 홀에 저수지가 내려다보이는 창쪽으로만 손님이 몇 앉아 있을 뿐이었다.

"저 이제…… 마음 정리 다 됐어요."

강청은 시선을 옮기지 않고 저수지 쪽만 바라본다.

"저는 이제야 마태복음 10장 34절의 말씀을 진정으로 이해하게 됐어요. 교수님도 아시죠? 그 말씀…… 내가 세상에 화평을 주러 온 줄로 생각하지 말라. 화평이 아니요 검을 주러 왔노라. 내가 온 것은 사람이 그 아버지와, 딸이 어머니와, 며느리가 시어머니와 불화하게 함이니 사람의 원수가 자기 집안 식구리라. 아버지나 어머니를 나보다 더 사랑하는 자는 내게 합당하지 아니하고 아들이나 딸을 나보다 더 사랑하는 자도 내게 합당하지 아니하며 또 자기 십자가를 지고 나를 따르지 않는 자도 내게 합당하지 아니하니라, 하신 그 말씀……."

강청이 말이 없자 다혜가 재우쳐 묻는다.

"교수님은 그 말씀, 어떻게 생각하세요?"

강청은 천천히 고개를 돌려 다혜를 바라본다.

"한국인이 기독교를 비판할 때 가장 많이 지적하는 부분이 바로 가족주의적 시각에서 본 예수의 행적들이지. 그 대표적인 것이…… 예수가 십자가에 못 박힐 때의 골고다의 장면을 묘사한 요한복음 19장 25절, 아마거길 거야…… 예수의 십자가 곁에 그 어머니와 이모와 글로바의 아내 마리아와 막달라 마리아가 서 있는 장면이…… 예수가 자기의 어머니와 사랑하는 제자가 곁에 서 있는 것을 보고, 자기 어머니에게 '여자여, 보소서. 아들이니이다' 하고 또 그 제자에게 '보라, 네 어머니라' 하지."

"……."

"어머니를 어머니라고 부르지 않는 예수는 분명 한국의 가족윤리로 보면 천하의 불효지. 반발을 살 만하지. 그러나 이 충격적인 구절을 깊이 생각하게 되면, 어머니를 여자라고 한 것은 가족을 부인하는 것이 아니라 예수가 새로운 가족의 패러다임 전환을 구축하고 있다는 걸 알 수 있어. 우리의 경우처럼 낮추어 부른 게 아니라, 원전의 뜻대로 하면 '여자여'는 중립적인 호칭이라고 신학자들은 말하고 있어. 왜 중립적인 호칭을 했을까?"

"……."

"자식의 죽음을 앞에 놓고 바라보는 마리아의 슬픔이 어떠했겠어. 죽음으로 어머니와 작별하는 예수의 심정은 또 얼마나 애절했겠어. 그러나 예수는 눈물로 정감으로 위로하지 않고, 하느님의 말씀으로, 그 진리로 어머니를 위무하면서 슬픔을 뛰어넘는 새 희망을 이야기한 거야. '여자여 보소서, 아들이니이다' 예수가 사랑하는 자기 제자들을 가리키며 그렇게 어머니에게 얘기한 것은, 나만 당신의 아들이 아니라 여기에 있는 내가 가장 사랑하는 제자도 당신의 아들입니다, 아들이 죽었다고 잃은 것이 아니니 슬퍼하지 마세요, 이렇게 많은 아들들이 당신을 어머니로 섬길 것이니까요, 라고. 그렇게 보면 어머니 마리아는 아들을 잃은 것이 아니라, 더 많은 아들을 얻게 된 것이지."

"……."

"그러하기 때문에 역시 예수는 제자를 향해 '보라 네 어머니라' 말한 거야. 자신의 육신의 어머니만 어머니로 알았던 제자 역시, 예수의 어머니로만 알고 있던 여인이 자신의 어머니라는 것을 알고 마리아를 영접하여 자기 집으로 모셔다가 함께 산 거고…… 이와 똑같은 장면은 다른 곳에서도 나오잖아…… 밖에서 자신의 어머니와 형제가 기다린다는 전갈을 받고 그 사람에게 조금 노여운 말투로 말하지. '누가 내 어머니이며 동생들이냐. 누구든지 하늘에 계신 아버지 뜻대로 하는 자가 내 형제요 자매요 어머니이니라'라고. 혈육의 낡은 가정관을 사랑과 믿음, 하느님 아버지의 가족으로 확장하고 승화한 것이 예수의 가정관이고 기독교의 가족관이지. 더 큰 가족, 사랑과 믿음으로 뭉친 더 신성한 공동체. 그것을 불경하다고, 가족경시라고 말할 수는 없지."

다혜가 신뢰와 흠모가 교차되는 눈빛으로 동감을 표한다.

"교수님, 정말…… 영성을 타고 나셨어요. 그래요. 아무리 사랑하고 헤어지려고 하지 않아도 세속의 가족은 죽음에 의해서 갈라지고 세속의 먼지에 의해서 퇴색하게 되지요. 저도 처음에는 하느님의 시험을 통한 큰 깨우침을 모르고 많은 갈등을 겪었어요. 믿음의 선조 아브라함의 이야기를 이해하고 받아들이는 데는 많은 시간이 걸렸어요.

아브라함이 백 살에 이르러 아들을 얻어 기뻐할 때에 그 아들을 번제로 바치라시는 하느님! 그리고 아브라함이 그 명령에 복종하기 위해 모리아 산에서 독자 이삭을 결박한 후 칼을 들고 죽이려 하는 장면은 상상만해도 숨이 막히고 소름이 끼쳤어요. 자기를 태울 나무를 지고 산을 오르는 이삭이 백 살이 넘은 늙으신 아버지의 말을 거역하지 않고 순순히 결박을 당하는 장면도 그랬고요."

"아브라함만이 아니잖아. 하느님을 위해서 가장 사랑하고 아끼는 자기 자식을 죽음으로 몰아넣는 이야기는 사사기에도 나오잖아. 사사 입다는 여호와 주께 암몬 자손을 치게 해달라고 서원을 하지. 그 서원을 들어주면 자기가 평안히 고향으로 돌아올 때에 누구든지 내 집 문에서 나와 나를 영접하는 자를 여호와께 번제로 바치겠노라고 약속을 하지. 입다는 서원한 대로 아로엘에서부터 민닛에 이르기까지 이십 성읍을 치고 또 아벨그라밈까지 크게 도륙하여 암몬 자손이 이스라엘 자손 앞에 항복하게 되고…… 그런데 입다가 미스바에 돌아와 자기 집에 이를 때에 무남독녀로 애지중지하던 바로 그 딸이 소고를 잡고 춤을 추며 맨 먼저 영접하지. 놀란 입다는 이를 보고 자기 옷을 찢으며 "슬프다, 내 딸이여. 너는 나로 하여금 참담케 하는 자요 너는 나를 괴롭히는 자 중의 하나이다. 내가 여호와를 향하여 입을 열었으니 능히 돌이키지 못하리로다"라고 오히려 딸을 원망하면서 외동딸을 번제의 제물로 바치잖아. 그리고 이삭처럼 그 딸은 "나를 두 달만 용납하소서. 내가 나의 동무들과 함께 산에 올라가서 나의 처녀로 죽음을 인하여 애곡하겠나이다"라고 말하고 아버지의 말에 순종하여 처녀의 몸으로 죽게 되지."

"그 시험은…… 가족의 사랑과 공경이 이 지상에서 가장 숭고하고 값어치 있는 일이었기에, 하느님은 그것을 초월한 마지막 고개의 시험을 하신 것이지요. 저는 요즈음, 하느님이 연주를 일찍 부르신 것이나, 용주 오빠가 신학교에 입학하게 된 것도 어쩌면 저의 신앙에 대한 하느님의 시험인지 모른다는 생각을 했어요. 시련을 통한 초월, 그 시련의 관문을 통과해야만 신앙이 반석 위에 놓일 수 있다는 깨달음이라고 할지……."

"그런 시련을 통한 초월 사상은 여호와를 믿는 일신교가 아니라도 우리 도교의 신선 사상에도 존재하지. 진정한 하느님을 믿는 신자가 되려면 가족의 정과 가치를 초월하는 시험에 합격해야 하는 것처럼, 인간이 신선이 되려면…… 혹시 중국의 고전 『태평광기』에 나오는 두자춘(杜子春) 얘기 들어봤어?"

"아니요. 어떤 얘긴데요?"

"인간에 절망한 두자춘은 신선 수업에 나서. 어떤 일이 닥쳐도 절대로 입을 열어서는 안 된다는 조건을 지키면 선인이 될 수 있다는 단약을 얻고서…… 두자춘은 온갖 시련과 고통을 당하면서도 선인이 되기 위해 입을 다물고 참고 견뎌. 그러다가 마지막 시험으로 여자로 태어나서 결혼을 하고 아들을 낳게 돼. 남편은 여러 가지 방법으로 술책을 다 하지만 뜻이 이루어지지 않자 아이를 절구에 넣고 돌공이로 쳐 죽이려고 해. 두자춘은 그 광경을 보고 자기도 모르게 안 된다고 외마디 비명을 질러. 인간의 힘으로는 넘기 어려운 고비를 모두 극복한 그였지만, 여성이 되어 모성애를 알게 된 두자춘은 끝내 인간의 한계의 벽을 넘지 못한 것이지.

인간적인 것을 다 버려야 되는 신선의 길은, 세속적인 가치를 초월해야 천국에 이를 수 있다는 크리스천들의 초월 신앙과 다를 것이 없지. 아무튼 다혜가 다시 평상심을 찾아 하느님 곁으로 더 다가가게 됐다니, 축하해."

"교수님, 감사해요. 응원해 주셔서."

다혜가 활짝 웃으며 고개를 숙인다. 커피를 한 모금 마시고 나서 진지한 눈빛으로 강청에게 묻는다.

"이번에 내키신 김에…… 진짜 선교사가 되시는 게 어떠세요?"

강청도 망설이지 않고 쾌활하게 대답한다.

"내가 첫 번째 선교 대상인가? 글쎄…… 아직 두자춘을 못 벗어난 거 같아서……."

3

강청은 또 한 번 발목을 움직여본다. 시큰거린다. 아프다. 발목이 더 부어오르는 것 같다. 어둠 속에서 낙엽을 밟고 미끄러져 발이 돌 틈에 들어가 접질렸는데 인대가 심하게 늘어났나보다.

잔뜩 구름이 덮인 초겨울 산중은 어둠이 농밀하다. 서너 걸음 앞도 제대로 보이지 않는다. 들쭉날쭉 돌출된 돌을 덮고 있는 낙엽 때문에 길이 분간이 안 된다.

호기를 부린 게 잘못이다. 큰 배재를 넘으면 바로 문골로 내려가는 길이고, 거기서 한 시간 남짓이면 동학사 주차장이니, 내킨 김에 등산을 제대로 하자는 정 교수의 호기에 맞장구를 친 것이 경솔했는지 모른다. 한용이가 차로 갑사까지 바래다 줄 테니 거기서 버스를 타고 공주로 나가라는 말을 들었어야 했다. 겨울 해는 노루꼬리처럼 짧다는 말을 계산에 넣지 않은 것도 불찰이다.

강청이 정진호 교수와 함께 구중해 교수의 차를 타고 봉천암에 도착한 것은 오후 1시가 조금 넘은 시각이었다. 봉천암은 동양학을 전공하는 정 교수와 민속학을 하는 구 교수가 자주 찾는 무당의 기도 도량이다. 두 사람은 봉천암의 김 보살을 특별한 연구 대상으로 삼고 있는 것 같았다.

구 교수는 강청과 동년배이면서 박사과정 동기이고 시를 쓰는 문인이어서 지척의 거리에서 자주 만나 교감하는 사이다. 강청이 정 교수와 교분을 튼 것은 구 교수를 통해서였다. 퇴임 후 금강 변 아파트를 임대해서 서고 겸 연구실로 쓰고 있는 구 교수의 서재에서 어느 날 바둑을 두고 있다가 정 교수가 방문하여 수인사를 나누었다. 나이도 동년배인데다 성격이 소탈하고 진솔해서 호감이 갔다. 그 후 공주 대학에서 박사 심사를 같이 하면서 더 친숙해졌다. 오늘도 오전에 무속에 관한 자료 때문에 구 교수의 서재에 들렀다가 "잘됐네요. 정 교수와 신원사 근처 맛집에서 점심을 먹고 봉천암 김 보살을 보기로 했는데, 같이 바람이나 쐬러 갑시다."라고 제의를 해와 동행하게 된 것이다.

봉천암은 갑사에서 멀지 않은 계룡산 줄기에 위치한 작은 산골 마을 근처에 있다. 그리고 거기서 1㎞ 남짓 떨어진 곳에 정 교수 소유의 농장이 있고, 한용이가 강청의 소개로 그 농장을 임대해서 염소를 키운다. 봉순이 어머니의 병이 더 깊어지고 식당 경영이 어려워지자, 한용이가 봉순이를 설득하여 봉순이네 가족을 데리고 계룡산으로 들어온 것이다. 두 사람이 정식으로 부부의 연을 맺은 건 아니다. 봉순이의 말대로 업연 따라 친구처럼 동거하는 상태다. 봉순이는 봉천암에 왕래하면서 김 보살과 굿도 함께 하고 자매처럼 잘 지낸다.

강청이 정 교수와 동행한 것은 봉천암의 김 보살에 대한 관심보다도 한용이와 봉순이의 근황이 더 궁금해서였다. 봉천암에서 핸드폰으로 연락을 했더니 한용이가 곧바로 봉순이를 앞세워 찾아왔다.

"산에서 왜 조난을 당하는지 알겠네요…… 계룡산을 얕본 게 잘못이에요. 지름길인 줄 알았는데 착각이었어요. 어둠이 그렇게 빨리, 짙게 내릴 줄은 정말 몰랐네요."

정진호 교수가 바위에 걸터앉은 채로 푸념을 뱉는다.

딴은 그랬다. 큰 배재에서 정상 코스로 내려오지 않고 정 교수가 지름
길이라고 한 소로를 택했다가 방향이 헷갈려 어둠 속에서 길을 잃은 것
이다.

"춥지요? 발목은 어떠세요? 아직도 움직이기가 힘든가요?"

"통증이 좀 더 심하게 느껴지는 게……."

"큰일이네요…… 핸드폰 배터리가 다 되어 비춰볼 수도 없고, 연락도 안
되고……."

"그래도 조금 쉬었다가 움직여봐야지요. 골짜기 아래쪽으로만 내려가면
어딘가 산 밑 길에 이르지 않겠어요. 구 교수를 따라서 돌아갔어야 했는
데……."

오후 세 시 쯤, 구 교수네 집에서 급한 연락이 왔다. 노환으로 고생하시
는 구순이 넘은 어머님이 응급실로 실려 가셨으니 빨리 병원으로 오라는
전갈이었다. 김 보살이 공수가 내려 한참 녹취를 하고 있는 중이었다. 구
교수가 먼저 갈 테니 일을 마치고 갑사로 나와 버스를 타고 오라고 하면
서 자리를 떴다. 제가 잘 모실 테니 염려 말라는 한용이의 말을 귓등으로
들으면서 구 교수는 착잡한 표정으로 떠났다.

"김 보살이 공수가 내리지만 않았어도 더 머물러 있을 필요가 없었지
요."

"그런데 김 보살, 어떤 여잔가요? 이력이……."

"한 오 년간 왕래하면서 얻어 들은 바로는…… 본명은 김명옥, 경자생이니까 올해 쉰아홉이 되나요…… 충북 음성이 고향이라는데 어렸을 때 외할머니가 법당을 모시고 있었다고 합니다. 초등학교를 졸업하고 억지로 부모가 중학교에 원서를 넣었으나 공부에 관심이 없어 다니지 않았다고 해요. 주로 홀로 놀고 집 근처에 쏘다니며 노래를 자주 부르는 게 취미였다고 합니다. 스물한 살 때 시집을 갔는데 남편이 잠자리를 같이 하는 걸 꺼려하여 독수공방하다가 스물일곱 살 때 이혼했다고 합니다. 이혼 후 수예점, 다방 종업원, 식당 운영으로 생활하다가 서른한 살 때 횟집주방장과 첫 동거를 시작했는데, 만난 지 한 달 쯤 후 몸이 아파서 몸을 허락하지 않고 어디 가서 오입이라도 하고 오라고 했다가, 동거인에게 맞아 코뼈가 내려앉기도 했답니다. 주방장과도 헤어지고 나서 신이 오를 대로 올라 조그만 신당을 구비한 상태에서 술장사를 하다가 그만 두고, 대략 13년 전부터 현재의 봉천암에 안거했나 봐요. 그 사이 동거인 여러 명이 있었고 성적인 면이 개방적이어서 아무런 심리적 제약을 못 느끼는 것 같습니다."

"도량에 설치한 화강암으로 된, 사람 키만 한 남근석 두 개도 김 보살의 신기(神氣)와 관련이 있나요?"

"글쎄요…… 신기는 이미 팔자에 타고나 어려서부터 특이한 행동들을 보였으나, 무당의 길에 접어든 시점은 서른세 살 전훈 거 같아요. 친정어머니를 신어머니로 삼아 스스로 내림굿을 하여, 신명 줄의 명호를 친정아버지가 적어 내려 받은 때부터라고 하니까."

"정 교수님 판단으로는 뭐랄까…… 사이비 무당은 아닙니까?"

"아니지요. 영안(靈眼)으로 영상이 보이면서 동시에 신명의 구체적인 설명도 듣는 영청(靈聽) 능력이 뛰어납니다. 게다가 영적인 후각·미각·촉각까지 아우르는 영감(靈感) 능력이 자유자재로 구사되고 있으니까요."

"……."

"공수가 내릴 때는, 조상령이나 외국령이 실리면, 그 시대나 해당 인격에 따라 수시로 말투가 바뀝니다. 일단 말문이 열리기 시작하면 질의내용이나 문의자의 품성과 업연에 따라 여러 신명의 기운이 수시로 바뀌어가며 몸에 들락거려서, 두세 시간 정도는 오줌 누러 가는 건 말할 것도 없고, 중간에 말 한 마디 끼어들 틈도 없이 숨 가쁘게 공수를 쏟아내지요."

"그런데 잘 알아들을 수 없는 것도 있던데…… 저만 그런지……."

"아, 그거요!"

정 교수가 기다렸다는 듯이 얼른 대답한다.

"금방 울다가 웃다가 감정의 기복이 심한데다 바뀌는 신명에 따라 말투나 내용이 수시로 왔다 갔다 하니까 손님들이 잘 알아듣지 못해서 통역자가 필요할 때도 있지요. 어떤 공수를 못 알아들으셨나요?"

"뭐, 특별하게 관심을 가질 만한 것이 있어서 드린 말씀은 아닙니다."

사실 김 보살의 공수 가운데 강청의 심중에 파문을 일으킬 만한 내용은 없었다. 공수의 내용이나 행동이 봉순이에게서 가끔 접할 수 있었던 상황과 크게 다를 것이 없었다. 그래도 공수를 통해 주고 받은 대화 몇 가지는 기억에 남아 있다. 〈미륵〉은 있는지, 언제 올는지? 신령 왈 "미륵은 있지. 사람들은 이미 와 있다고도 하고." 모든 신들의 최고신은? 신령 왈 "각종 신들의 이름은 모든 걸 아우르는 가장 윗분의 분신들이며, 각기 뜻있는 제 몫을 하고 있네." 사람이 영원히 죽지 않고 살 수 있습니까? 신령 왈 "영혼이 없어지지 않으니, 그렇게 볼 수도 있겠네." 〈마음〉이란 건 도대체 어디에 있습니까? 신령 왈 "그대 가슴 속에 있지 않은가!" 가슴 속 어디에? 마음이 오락가락하는 이유는? 신령 왈 "여기저기 바깥으로부터 신들의 뜻이 와 닿는 게지. 마음의 본바탕도 중요하지만 그 속에 무엇을 담느냐도 중요한 걸세." 개벽은 오는가? 신령 왈 "개벽은 온다. 종말은 없다. 고난은 있겠지만 더 좋은 세상이 온다." 무당은 대물림을 하는 겁니까? 신령 왈 "이미 답은 내렸지 않느냐! 대물림한다." 어찌 보면 〈알라〉 신이나 예수의 아버지이신 〈여호와〉, 그리고 단군의 할아버지이신 〈환인〉이 본래 다 같은 한 뿌리라고 볼 수 있지 않을까요? 신령 왈 "평범하게 생각하거라. 신의 계율에 파가 갈리면서 인간 세계에 다툼이 많았다. 교회나 절이나 공부하고 수행하는 곳이니 다함께 어울려 살거라. 여러 종파들도 다 뜻이 있어 업연의 파도가 인 것으로 보거라. 어느 종교를 믿든 마음이 올바른 사람은 다 똑같니라. 그러니 개별 형상에 얽매이지는 않되 존중하는 마음을 버리지 말고, 그 믿음에 차별을 두어서도 아니 될 일이네."

강청이 김 보살의 공수를 떠올리고 있는데 정 교수가 묻는다.

"외계인은 있을까요?"

뜻밖의 질문에 강청이 반문한다.

"외계인이라니요? 왜 그런 말씀을……."

"아, 네…… 갑자기 얼마 전에 NASA의 어느 과학자가 외계인에 대한 준비를 해야 한다고 한 말이 생각나서요. 외계인과 UFO는 이미 지구를 다녀갔을지도 모르고, 외계인은 지구인보다 아주 작을 것 같다는 주장이 인터넷에 떴더라구요."

"그래요? 저도 그런 기사를 본 듯하네요."

"다른 횡성의 외계인들한테도 예수나 부처가 다녀갔을까요?"

"……?"

"우리 같은 종교가 있을까요?"

"거기도 우리 같은 희로애락의 감정을 가진 외계인이 살고 있다면 아마도……."

"존재한다는 말씀이신가요?"

"그보다도…… 정 교수님은…… 외계인을 포함해서 이 우주 만물을 한 인간으로 축소시킨다면 그게 무얼 거 같으세요?"

"……."

정 교수는 마땅한 답이 떠오르지 않는지 대답이 없다.

"제 생각에는, 신…… 신일 것 같아요."

"신요? 아, 그럴 것 같네요."

"그리고 그 신을 확대시키면?"

"확대시키면……."

"사랑이 아닐까요?"

"아, 그러네요! 사랑, 자비!"

"원광(圓光), 빛의 실체! 진리의 실체! 창조주의 실체!"

"맞아요. 그것을 깨닫기가 그렇게 힘 드는 거군요!"

두 사람은 한동안 침묵한다. 정 교수가 먼저 말을 꺼낸다.

"오늘 고행의 소득이네요. 깨달았으면 복음을 전파해야지요. 제가 부축할 테니까 여기, 이, 막대기를 지팡이 삼아 천천히 움직여 보시지요."

정 교수가 들고 있던 부러진 나무막대기를 강청에게 내민다. 강청은 막대기를 받아 들고 정 교수의 부축을 받아 일어선다. 정 교수가 이끄는 대로 천천히 걸음을 떼어놓는다. 걸음을 떼어놓을 때마다 통증이 오른쪽 다리 전체로 퍼져 오지만 이를 악물고 버틴다. 식은땀이 솟는다. 더는 참지 못하고 두 개의 큰 바위가 서로 기대어 은신처 같은 공간을 만들어 놓은 곳에서 강청은 발을 멈춘다.

"여기서 조금 발의 통증을 풀어줬다가 조금씩……."

"그러시지요. 움직여서 체온을 유지하는 것이 중요하니까요. 조금씩이라도!"

두 사람은 움푹 들어간 바위 사이에 앉는다. 잎이 성기기는 해도 바위 위에 소나무 가지가 드리워 있어서 은신할 만하다. 영하의 기온에 그나마 바람이 불지 않아서 다행이다.

강청이 우두커니 산 아래를 내려다보고 있는데 정 교수가 하늘을 올려다보고 말한다.

"눈, 눈발이 비치는 거 같은데…… 여기서 날이 밝아오기를 기다려야 하지 않나 싶네요. 사방을 분간할 수 있을 때까지……."

"……."

"괜찮으시지요?"

"네. 저 때문에 정 교수님이 더 고생을 하시네요."

"원인 제공은 전데요, 뭘."

"고생이 아니라 고행이라고 생각하지요 뭐…… 설산에서 고행도 하는데……."

"강 교수님은 절에도 오래 계셨다면서요?"

"스님이 된 것도 아니고 어쩌다 보니…… 눈 내리는 밤에 산중에 앉아 있어야 한다고 생각하니까, 달마와 혜가의 일화가 떠오르네요."

"달마와 혜가요?"

"네. 아시겠지만, 2조 혜가는 어렵게 달마의 허락을 받아 제자가 되어 득도를 한 후, 스승 달마가 지시하는 대로 하산하여 중생 제도에 나서지요. 그런데 중생과 섞여 생활하다 보니까 또다시 번뇌가 걷잡을 수 없이 일기 시작하는 거예요. 그래서 혜가는 산중으로 스승을 찾아갑니다. 달마는 혜가가 올 것을 알고 눈이 내리기 시작하는 산중의 바위 위에 가부좌를 틀고 앉아서 제자를 기다립니다. 혜가가 스승에게 삼배를 올리고 묻습니다. 스승이시여, 제가 부처가 되었으니 하산하라고 하셨는데 어찌하여 번뇌의 불길이 다시 타오르는 것입니까, 하고요. 달마는 제자의 얼굴만 바라볼 뿐 대답하지 않습니다. 혜가도 스승 앞에 서서 묵묵히 답을 기다립니다. 눈은 하염없이 내립니다. 두 사람은 마주 보고 온밤을 침묵으로 지새웁니다. 아침이 되어 온 천지는 백색의 세상이 됩니다. 눈이 달마의 허리까지 차올랐습니다. 햇빛이 찬연하게 빛나고 있는 설산 가운데 서 있는 혜가의 얼굴을 바라보니까 번뇌가 모두 사라졌습니다. 그제야 달마는 묻습니다. 혜가야, 지금도 번뇌가 있느냐? 혜가는 대답합니다. 스승이시여, 없습니다. 모든 것이 마음에서 생기고 사라진다는 것을 이제야 참으로 깨달았습니다, 하고요."

"……."

"만약 달마가 혜가의 물음에 바로 응했더라면 어떻게 됐을까요? 그 대답으로 질문은 끝이 났을까요?"

"무슨 말씀이신가 알겠습니다. 문답은 끊임없이 계속되어 날이 밝아도 혜가는 진정한 깨우침을 얻지 못했겠지요. 탐욕과 번뇌가 깨달음의 씨앗이고 그 승화는 자아 안에서만이 가능하다는 말씀을 하시고 싶으신 게 아닌지……."

"글쎄요…… 그 대답도 역시 자아 안에서……."

강청은 말끝을 흐리고 산 아래 마을이 있는 방향으로 시선을 돌린다. 정 교수도 더는 입을 열지 않는다. 어둠 속에서 침묵은 계속된다.

강청이 피곤하여 눈을 감고 있는데 정 교수가 갑자기 활기 띤 목소리로 외친다.

"저기, 아래쪽에서 사람들 소리가 나는 거 같은데요!"

강청은 번쩍 눈을 뜬다. 산 아래쪽으로 귀를 기울인다. 정 교수의 말대로 두런거리는 사람들의 말소리가 들리는가 싶더니 불빛이 비치고, 그 불빛이 조금씩 산 위쪽을 향해 움직인다.

"이 시각에 웬 사람들일까요?"

강청의 말이 탄성에 가깝다.

"기도하러 올라오는 사람들일 겁니다. 그러고 보니 바로 요 아래가 굿당인 거 같네요. 동학사 주차장에서 문골로 한 오백 미터쯤 올라오면 골짜기 왼쪽에 무속인이 사는 집이 있잖아요. 그 집에서 백여 미터 거리에 치성을 드리는 신당이 있어요. 돌탑을 쌓아 놓은……."

"그래도 이 시각에……."

"귀신은 밤에 활동하고, 기돗발은 새벽에 가장 잘 받는다고 하잖아요. 그래서 철야기도, 새벽기도에 나가고……."

"저 사람들은 어떤 소원을 빌러 오는 걸까요?"

"인간만사 뻔하잖아요. 기복을 빌러 오지, 천국행 티켓을 받으러 이 밤중에, 이곳으로 오는 사람은 없을 테니까요."

강청은 문득 새벽마다 청수를 떠놓고 가족들을 위해 기도하던 어머니의 모습이 떠오른다. 판문점 망향의 동산에서 북녘 땅을 향해 애타게 머리를 조아리며 상봉의 소원을 염원하는 이산가족들의 모습도 뇌리를 스친다. 다혜가 해외선교를 앞두고 강청에게 아주 선교사가 되면 어떻겠느냐고 하는 말에 "아직 두자춘을 못 벗어나서……"라고 자신이 한 말도 새롭게 가슴으로 다가온다. 행복하냐는 강청의 물음에 한용이가 겸연쩍게 얼굴을 붉히며 웃던 모습도 망막에 어린다. "행복이 뭣인가 인자 쬐끔 알 것네유. 사랑이 뭔지두유. 신이 뭣인가는 알지두 못하구, 관심두 읍구유, 봉순이가 좋다니깨 옆에서 그냥 손뼉이나 쳐주구 있구먼유." 양인경의 말도 떠오른다. "용서하고 화해하세요. 용서는 과거를 변화시킬 수는 없지만, 미래를 넓혀준다고 하지 않아요?"

강청은 아내가 퇴원하면 제일 먼저 아내를 데리고 어머니의 산소에 다녀와야겠다고 지그시 어금니를 문다. 그러면서 사람들의 발소리를 난공불락의 성을 함락시키려고 진군해오는 혁명군의 행군처럼 느낀다.

불빛은 어둠을 밀어내며 점점 가까워지고 있다.

한 작가의 새로운 경계
−강태근 장편소설 『잃은 사람들의 만찬』에 부쳐

김종회(문학평론가, 경희대 교수)

한 작가의 새로운 경계

−강태근 장편소설『잃은 사람들의 만찬』에 부쳐[*]

김종회

(문학평론가, 경희대 교수)

강태근 작가를 처음 만난 것은, 경희대학교 대학원 박사과정 강의실에
서였다. 필자에게는 학과의 직속 선배이긴 하나 연령의 차이로 함께 학교
를 다닐 기회가 없었고, 어렴풋이 소싯적부터 알려진 그 문명(文名)을 전해
들었을 뿐이었다. 강의실에서의 그는 늘 성의 있고 진중하였으며, 후배들
이 보기에 후덕한 맏형 같은 인상을 주었다.

그의 은사이자 필자에게도 그러한 고(故) 황순원 선생께서는 그를 특별
히 사랑했다. 경희대에서 역사상 가장 오랜 권위와 전통을 가진 전국고교
문예 현상공모에서, 그는 황 선생의 선(選)을 받았다. 그에 뒤이어 1968년
문예장학생으로 경희대 국문과에 입학했다. 황 선생의 문하에서 1988년

---

* 이 소설은 앞서 발표한 장편『잃은 사람들의 만찬』의 연작 소설의 성격을 띤 작품이
므로 독자들의 이해를 돕기 위하여 위의 발문을 게재한다.

박사학위까지 모두 마치고 대학 강단으로 출발할 때, 황 선생은 정성어린 추천서를 써주었고 심지어는 백지에 도장만 찍어 추천서 문안을 위임하는 신뢰를 보여주기도 했다. 그런 점에서 강 작가는 스승의 복이 많은 사람이다.

일찍이 충남 논산에서 출생하여 대전 보문고에 진학했을 때, 그는 고교 재학생으로서 제1회 대한민국 학술문화예술상을 수상하는 등 일찍부터 문학적 재능을 드러냈다. 그러나 한 인간으로서의 품성이 신중한 만큼 소설 또한 과작(寡作)이었다. 학위를 마친 후 여러 대학의 소설 창작 및 소설론 강의를 맡고 있으면서 스스로의 창작을 포기하지 않았으며, 예순 중반에 이른 지금도 고려대학교 교수로 적을 두고 있으면서 여전히 현역 작가의 길을 걷고 있다.

그동안 4인 창작집 『네 말더듬이의 말더듬기』와 개인 창작집 『신을 기르는 도시』 등을 상재한 작가 강태근의 소설 세계는, 인간의 외형과 내면이 밀접하게 맞물려 있다고 보고 그 본질의 정체성을 탐색하는 경향이 약여하다. 특히 정신의학적 증상으로 나타나는 여러 병리학적 상황은, 근원적으로 사회·역사적 사건과 상관되어 있다고 판단한다. 그러기에 작가로서 그의 시각은 그 부정적 면모에 대해 침묵하거나 후퇴하지 않고 정면으로 마주선다.

그런가 하면 전통사회의 가부장적 질서 또는 아버지의 상실이라는 주제가 소설적 담화로 어떻게 표출될 것인가에 대한 관심이 깊어 보인다. 이는 우리 민족 전래의 강건한 선비정신, 곧 유학의 정명주의(正名主義)에 잇

대어져 있는 것으로, 문학을 통해 사회 고발이나 사회적 실천의 영역으로 전환될 수 있는 모티프를 포괄한다. 그가 몸담고 있던 사학 재단과의 갈등으로 오랜 세월을 그 현장과 거리와 법정에서 투쟁해온 사실이 그의 소설 세계와도 무관하지 않다는 말이다.

미상불 이 투쟁의 기간을 통하여, 그는 많은 것을 잃거나 유보 당했고 그만큼 심정적 고통도 극한의 지경에 있었을 것이다. 그러나 그 과정을 통하여 어쩌면 인간이 마지막까지 지켜야 할 위의나 정신적 가치와 같은 덕목은, 그 체험이 없는 경우에 견주어 훨씬 큰 진전과 승급을 이루었을 것으로 짐작된다. 이번에 새 얼굴을 보이는 장편소설 『잃은 사람들의 만찬』은 바로 이 사건에 대한 가슴 아픈 자전적 기록이다.

이 소설의 강청은 작가 강청의 심경과 행적을 직접적으로 반영하고 있으나, 그렇다고 해서 그 작중인물이 작가와 동일하지는 않다. 그것은 소설이라는 문학 장르의 존재양식이기도 하다. 하지만 강청이 작가의 절망과 울분, 그 진정한 소망을 담아내기에는 부족하지 않다. 모두 3부로 이루어진 이 소설은 작가 자신의 카타르시스이자 작가의 오래 묵은 육성으로 유사한 사건들에 대해 환기하는 비판의 경종이다. 우리는 한 작가의 생애를 담은 이 소설적 서사를 유의 깊게 성찰해야 할 책무를 넘겨받은 셈이다.

주인공 강청은, 마오쩌둥 사후 중국 문화대혁명 기간에 숙청된 4인방의 우두머리 강청과 이름이 같다. 마오의 세 번째 부인이기도 했던 그의 몰락이 작가에게 어떤 시사점을 던졌는지는 확실하지는 않으나, 중국의 강청 못지않게 이 소설 속의 강청도 사회·역사적 인물로서의 비중을 가졌다. 필자가 바라기로는, 이 소설로 인하여 강 작가가 자신을 금압했던 오랜 굴레를 벗어던지고, 저 해맑았던 소년 수재(秀才)의 초심을 회복하여 더 유암(柳暗)하고 화명(花明)한 창작의 경계를 열어갔으면 한다.

이제 일어나서 가자 2

강태근 지음

발행처·도서출판 **청어**
발행인·이영철
영 업·이동호
홍 보·천성래
기 획·남기환
편 집·방세화
디자인·이수빈 | 김영은
제작이사·공병한
인 쇄·두리터

등 록·1999년 5월 3일
(제1999-000063호)

1판 1쇄 발행·2020년 1월 30일

주소·서울특별시 서초구 남부순환로364길 8-15 동일빌딩 2층
대표전화·02-586-0477
팩시밀리·0303-0942-0478
홈페이지·www.chungeobook.com
E-mail·ppi20@hanmail.net
ISBN·979-11-5860-732-6(04810)
     979-11-5860-730-2(세트)

이 책은 세종시문화재단 과 세종특별자치시 의 후원으로 지원받아 발간되었습니다.